KB121674

우리 집을 부탁해

옮긴이 김윤수

동덕여자대학교 일어일문학과 이화여자대학교 통번역대학원을 졸업했다. 옮긴 책으로《선생님, 있잖아요》《인생당 서점》《일요일만 사는 아이》 《오늘의 급식》《학교에 오지 않는 아이》《양말이 뒤집혀 있어도 세상은 돌아갈 테니까》《해바라기가 피지 않는 여름》《부자의 그릇》들이 있다.

SWEET HOME WATASHI NO OUCHI

© Maki Hanazato 2021
All rights reserved.
Original Japanese edition published by KODANSHA LTD.
Korean translation rights arranged with KODANSHA LTD.
through Tony International.

우리 집을 부탁해

하나자토 마키 · 김윤수 옮김

양철북

아냐

무성하게 자란 풀이 강 옆 가드레일을 뒤덮고 인도까지 뻗었다. 걷기 불편해서 차도 쪽으로 붙으려다가 옆에서 걷던 다카이와 부딪칠 뻔했다.

"아, 미안."

"괜찮아. 풀이 장난 아니게 무성하네. 근데 저기 봐. 벚꽃이 거의 다 지고 새순이 나왔어."

다카이가 강 건너편을 가리켰다.

"정말. 맞아, 저기 벚나무가 있었지."

"벚꽃이 예뻤는데. 정말 순식간이네."

"그렇네."

신입생 환영회의 끝을 알리는 듯했다. 조금 더 축하받고 싶은 마음도 있지만, 새 학기도 벌써 2주가 지났다. 신입생 환영은 이 정도면 충분한 것 같기도 하다.

"3학년쯤 되면 나도 공을 맞힐 수 있을까?"

다카이가 내 얼굴을 보며 물었다.

"뭐? 소프트볼 동아리 들어가려고?"

나는 깜짝 놀랐다.

"어머, 지사짱, 왜 그렇게 놀라?"

'지사짱?' 물론 '지사짱'이 틀린 건 아니다. 다른 친구들은 성을 따라 '고토'라고 하거나 '고짱'이라고 부르는데. 조금 이상했을 뿐이었다.

다카이하고는 반도 다르고, 초등학교도 달랐다. 오늘 다카이가 소프트볼 동아리에 체험하러 오지 않았더라면 이렇게 같이 집에 가는 일도 없었을 것이다.

우리 학교는 전교생이 모두 의무적으로 동아리에 들어야 했다. 정식으로 가입하기 전에 일주일 동안 체험 기간이 있다. 동아리 선생님에게 체험신청서만 내면 어떤 동아리라도 자유롭게 체험해 볼 수 있다. 정말 자기하고 잘 맞는 동아리인지 판단하기 위한 시간이었다.

나는 처음부터 소프트볼에 들어갈 생각이었다. 그래서 첫날부터 지금까지 소프트볼 동아리에만 갔다. 처음 이삼일 동안은 오는 얼굴들이 날마다 바뀌었지만, 나흘째부터는 같은 얼굴들이었다. 이제 새로 오는 아이는 없을 줄 알았다. 그런데 마지막 날 다카이가 온 것이다.

"왜냐하면 다카이, 너는⋯."

"아냐."

"아냐?"

"응, '아냐'라고 불러 줄래? 아사카의 '아'와 고양이를 좋아하니까, '냐옹'의 '냐'."

"러시아 이름 같아."

"그래도 귀엽잖아. 이 이름이 맘에 들어."

아냐는 가느다란 눈을 더 가늘게 뜨며 말했다.

"얼굴은 완전 일본 토종인데."

말해 놓고 바로 후회했다. 나는 얄밉게 말해서 사람들 눈총을 사곤 했다.

그런데 아냐의 반응은 달랐다.

"당연하지, 순수 일본인인데. 우리 부모님한테서 러시아 사람이 나오면 큰일이지. 너, 말 참 재밌게 한다."

웃으며 넘겨서 마음이 놓였다.

나보다 아냐가 훨씬 더 재미있었다.

"그러면, 아냐."

"응."

"너, 소프트볼 안 해 봤지?"

"전혀. 오늘 처음이야."

"토스해 주는 공을 못 받아 치는 건 그렇다 쳐. 근데 글러브를 어느 손에 끼는지도 모르는 실력으로 소프트볼 동아리에 들어간다고 하면 다들 놀랄걸.”

“그런가? 중학교 가면 좀 새로운 걸 해 보고 싶었거든. 그래서 운동부에 들어갈까 했는데. 꼭 소프트볼 동아리가 아니어도 되고.”

“그렇구나.”

“넌 소프트볼로 정한 거야?”

“응.”

“왜?”

“아빠 영향. 어릴 때부터 캐치볼을 했어. 아, 아빠는 전국 고등학교 야구 선수권 대회에도 출전했었고.”

“와, 대박. 조금만 더 했으면 프로야구 선수도 했겠다.”

“그 정도는 아니고. 첫 경기에서 져서 교가도 못 불렀대. 엄청 원통했는지 대학에서도 야구를 계속했고. 지금은 옆 도시에 있는 중학교 야구부 고문이야.”

“아빠가 학교 선생님이야?”

“응, 체육 선생님. 툭하면 소리 지르고, 근성이 어떻다느니 하는. 사고방식이 너무 구시대적이라 싫어.”

“그래도 소프트볼을 하는 거야?”

“아빠가 꼭 운동부에 들어야 한대. 운동이라면 그나마 소프트볼이 가장 친숙해서. 그리고 공이 스위트스폿에 맞으면 얼마나 짜릿한데. 그냥 배트에 공을 맞히는 게 아니라 공이 맞았을 때 가장 멀리 날아가는 스위트스폿에 맞히려고 해 봐.”

"나도 결정했어! 너 따라서 소프트볼 동아리 들어갈래."

"어, 왜? 내가 소프트볼 동아리에 들어가는 거랑 너랑 무슨 상관인데?"

"왜 상관없어? 소프트볼은 팀플레이잖아. 싫은 사람보다는 좋아하는 사람과 같이 해야 더 좋을 거잖아."

"좋아한다고? 나, 잘 모르잖아."

"그래도 너랑은 잘 맞을 거 같아."

그건 나도 그랬다. 아냐와는 왠지 편하게 얘기할 수 있었다.

"그리고 나, 전부터 너 알았어. 이름뿐이지만."

"어떻게? 너 혹시 스토커야?"

"너, 정말 재밌다."

아냐가 까르르 웃었다.

아냐처럼 내가 한 말을 재미있다면서 즐겁게 웃는 아이는 아주 드물었다. 아냐와 얘기하고 있으면 나도 즐거워졌다.

강을 따라 걷다 보니 지방자치단체에서 관리하는 지방도가 나왔다.

"잘 가. 난 이쪽이야."

아냐가 다닌 초등학교는 지방도를 기준으로 남쪽에 있어서 아냐는 지방도를 가로질러 그대로 강을 따라가면 된다고 생각했다. 나는 지방도를 따라서 동쪽으로 가야 하니까 거기서 헤어질 참이었다.

"나도 이쪽이야."

아냐도 나와 같이 지방도에서 동쪽으로 꺾어 다리를 건넜다.

어디까지 같이 가려는 거지? 진짜 스토커 아냐?

"어디 살아?"

"저쪽."

아냐는 논 너머로 멀리 보이는, 지방도 남쪽에 있는 주택
지를 가리켰다. 초등학교 3학년 때 신사 옆에 있던 오래된
농가를 헐고 열 채 정도 집을 새로 지은 곳이었다.

"저쪽에서는 자전거로 통학하는 줄 알았는데."

"아니야. 신사 너머 사는 아이들이 자전거로 다니고, 이쪽
편에 사는 아이들은 모두 걸어서 다녀."

"그래? 걸어 다니기는 먼데. 힘들지 않아?"

"힘들어. 그래도 걸어서 다녀. 내가 아침에 못 일어나서 지
각할 거 같으면 엄마가 차로 데려다주셔. 넌 어디 살아?"

"난 편의점에서 안으로 더 들어가."

편의점은 신호등 모서리 도로 북쪽에 있다. 여기서 1분도
채 안 걸린다.

"저기, 나, 너희 집 화장실 좀 써도 돼?"

"어? 너 아까 동아리 마치고 화장실 다녀왔잖아."

동아리 활동이 끝나고 화장실에서 아냐와 이야기 나눌 기
회가 있었다. 그때 우리는 두 사람 다 강을 따라 난 길로 집
으로 간다는 것을 알게 되었다. 그래서 함께 걷게 된 것이다.

"응, 가긴 했는데, 배가 갑자기 아플 때가 많아서."

그러고 보니 아냐 얼굴이 좀 창백해 보였다.

"괜찮아?"

"응, 전부 비워 내면 바로 좋아질 거야."

"전부 비워 낸다고? 표현 대박. 넌 더 여자다울 줄 알았는데."

왜냐하면 굉장히 폭신폭신하고 부드러운 분위기니까.

"그래? 아닌데. 그보다 나, 화장실 좀."

"아아, 그래, 근데 편의점 화장실에 가지 그래?"

"어?"

아냐의 폭신폭신한 분위기가 갑자기 사라졌다. 눈썹이 여덟 팔(八) 자로 축 처져서 비통한 눈으로 나를 봤다. 우리 집 화장실을 쓰게 할 거라고 믿었다가 완전히 배신당한 기분인지도 모른다.

편의점 화장실에서 전부 비워 내려면 용기가 필요하겠지만. 그래도 파이팅. 우리 집보다는 나을 거야.

"편의점이 더 가깝잖아. 자, 이제 다 왔어. 그럼 잘 가. 바이바이."

나는 아냐를 편의점 주차장 앞에 홀로 남겨 놓은 채 집까지 뛰어갔다.

우리 집

주차장에 차가 안 보였다. 엄마가 아직 안 온 모양이다. 현관 옆에 놓인 우산꽂이 밑에 둔 열쇠를 꺼냈다.

열쇠를 잃어버린 게 한두 번이 아니다. 엄마가 열쇠를 가지고 다니지 말라고 해서 내가 일찍 온 날은 현관 근처에 감춰 둔 열쇠를 꺼내서 문을 연다. 근데, 이렇게 알기 쉬운 곳에 숨겨 놓는데 도둑 걱정은 안 해도 될까. "도둑이 왔다가 다른 손님이 먼저 다녀간 줄 알고 그냥 갈 거야." 엄마는 아무렇지 않게 말했다.

현관문을 열었다. 눈앞에 쓰레기가 꽉 차서 빵빵한 종량제 봉투들이 뒹굴고 있었다. 내일은 토요일이라서 쓰레기 버리는 날도 아니다. 도대체 어쩌자고 이러는 걸까. 아냐한테 화장실을 안 빌려주길 정말 잘했다.

쓰레기봉투를 발로 쓱 밀었다. 신발을 벗고 간신히 마루로 올라갔다.

현관에서 복도를 따라가면 거실, 식당, 부엌이 이어져 있다. 현관 복도에는 손수건과 도장 같은 것들을 넣어 두는 허리 높이쯤 되는 수납장이 있다. 그 옆을 지나려면 복도가 좁아져 걷기 불편하다. 서두르기라도 하면, 발이 자꾸 수납장에 부딪힌다.

어제오늘 일이 아니다. 오늘따라 수납장 옆에 신문과 잡지가 쌓여 있다. 지나가며 부딪히자 산더미 같은 잡지가 와르르 무너졌다. 세련된 인테리어 잡지도 섞여 있다. 웬 인테리어 잡지? 어이가 없었다.

쓰러진 잡지를 다시 쌓고 일어서다가 다시 무릎이 툭 닿자 금방 쌓았던 잡지가 눈사태처럼 무너졌다.

"아이 씨!"

그대로 두고 쓰러진 책 더미를 넘어 부엌으로 갔다.

우리 집 부엌은 늘 어두컴컴해서 불을 켜야 했다. 부엌 창문 앞에 엄마가 선반을 달아 두었기 때문이다. 선반에 냄비와 볼이 잔뜩 놓여 있어서 창문을 가리는 것이다.

바닥에는 매실 병과 텃밭에 비료로 쓰려고 모아 둔 음식물 쓰레기 그릇들이 어지럽게 놓여 있었다. 걸음을 옮길 때마다 뭔가가 발에 걸렸다.

개수대로 가서 손을 씻고, 식기 건조대에 산더미처럼 쌓여 있는 그릇 사이에서 컵을 하나 꺼내려고 했다. 밥그릇과 컵이 겹쳐 있어서 빼내기가 쉽지 않았다. 양손으로 간신히 컵을 꺼내서 물을 따라 마시다가 도로 뱉었다. 손에 닿았을 때는 차갑다 싶었는데 막상 마시니 미지근했다. 물은 시원해야 맛이다.

얼음을 꺼내려고 냉동실 문을 열었다. 랩에 싸인 밥, 플라스틱 용기에 든 미트소스, 온갖 냉동식품. 냉동실이 꽉 차 있다. 얼음 용기가 안 보였다. 밥을 옆으로 제치고 얼음을 찾는데 정체 모를 고깃덩어리가 떨어졌다. 하필 오른쪽 발등에 맞았다.

"아얏! 아이 씨!"

내가 떨어뜨려 맞은 거지만, 꽉 찬 냉동실한테 괜히 화가 났다.

고깃덩어리가 떨어진 덕에 얼음을 찾았다. 얼음을 꺼내서 컵에 가득 담고 얼음 틀에 물을 받아서 냉동실에 넣으려고 하자 이번에는 밥과 고기가 떡하니 자리를 차지하고 있었다. 귀찮아서 고기 위에 얹어 놓았다. 살짝 기울어서 물이 조금 흘렀다. 금방 얼겠지 생각하며 그대로 문을 닫았다.

얼음물을 벌컥벌컥 단숨에 마셨다.

"휴우."

목을 타고 넘어가는 차가운 물이 짜릿했다. 물맛은 온도에 따라서 이렇게 차이가 난다.

차가운 물을 마시고 나니 조금 진정됐다.

무심코 고개를 들었다. 조리대 위에 놓인 페트병과 식빵 사이로 마당에 널린 세탁물이 보였다. 빨래를 걷어 놓으면 엄마가 기뻐하겠지.

엄마가 집에 오기 전에 걷어야겠다는 생각에 마음이 급했던 걸까.

식탁을 지나 마당으로 통하는 거실 유리문으로 가다가 뭔가를 밟았다. 왼쪽 발목이 삐끗하고 넘어졌다. 바닥 위로 장난감 당근이 굴러다닌다. 발목이 욱신거렸다.

웅크리고 앉아 발목을 누르고 있는데 현관문 여는 소리가 들렸다.

"집이다ー!"

큰 소리로 애니메이션 주제가를 부르면서 여동생 유사가 들어왔다.

"유사야! 신발은 가지런히 벗어 놓고 들어와야지! 아이참, 지사야! 잡지를 넘어뜨렸으면 다시 쌓아 놔야지!"

엄마가 현관에서 큰 소리를 냈다.

유사는 어린이집 가방을 거실 바닥에 내동댕이쳤다.

"빨리빨리! 다 끝나겠어!"

그러더니 이리저리 텔레비전 리모컨을 찾아다녔다.

"엄마, 텔레비전 리모컨 어딨어?"

"거기 어디 있겠지."

"없어. 언니, 몰라?"

"몰라. 나도 방금 왔어. 근데 장난감 좀 치워. 밟아서 발목 삐었잖아."

"알았어. 빨리 리모컨 찾아 줘, 언니."

유사는 텔레비전 볼 생각밖에 없어서 내 말은 한 귀로 흘려듣고 있었다.

엄마가 양손에 장바구니를 들고 부엌으로 갔다.

"지사야, 그대로 카펫에 앉아 있으면 어떡하니. 어서 가서 옷 갈아입어."

엄마는 모래가 하얗게 묻은 내 체육복을 보고 얼굴을 찌푸렸다.

"아휴, 컵 좀 씻어 두면 좀 좋아."

그저 잔소리뿐이었다.

듣기 싫어서 2층 방으로 올라가려는데, 유사가 "리모컨이 없어서 텔레비전을 못 보고 있단 말이야" 하고 내 체육복 소매를 붙잡고 늘어졌다. 하는 수 없이 리모컨부터 찾기로 했다.

"알았으니까, 언니가 리모컨 찾는 동안 장난감 좀 치워."

"응."

발이 달린 것도 아닌데 리모컨이야 여기 어딘가에 있을 것이다. 금방 찾을 줄 알았다.

소파 밑을 들여다봤다.

"야, 어제 네가 찾던 크레용 여기 있어."

"정말."

"뭐가 또 있어."

유사 머리핀과 그림책 그리고 내 펜도 나왔다. 하지만 정작 리모컨은 없었다.

혹시나 해서 소파 등받이와 시트 틈에도 손을 집어넣었다. 딱딱한 뭐가 잡혔다.

"찾았다."

리모컨이었다.

"여있어, 유사."

"얼른 줘."

"고맙다고 해야지."

"그냥 빨리 켜 줘!"

유사가 리모컨을 뺏으려고 팔을 뻗었다. 나는 뿌리치고 마치 자유의 여신상처럼 리모컨을 높이 치켜올렸다.

"고맙다고 하면 켜 줄게."

그러자 유사가 와락 울음을 터뜨렸다.

"엄마! 언니가 리모컨 안 줘─!"

유사가 엄마에게 고자질하러 갔다.

엄마는 장 본 물건을 냉장고에 정리하다 손을 멈추고 나를 돌아봤다. 지긋지긋하다는 얼굴이었다.

"좀, 그냥 줘. 다섯 살짜리 동생 붙잡고 심술부릴 시간 있으면 이거나 좀 도와주던지. 근데 왜 아직도 체육복이야. 빨리 갈아입으랬지?"

엄마는 한꺼번에 쏟아 내더니 냉동실 문을 열었다.

"어머낫."

기울어져 있던 얼음 틀에서 물이 질질 흘렀고, 엄마의 회색 치마가 젖었다.

"지사! 넌 어떻게 된 애가 얼음 틀도 제대로 못 넣니! 넣지를 못하면, 쓰지를 말든지!"

"냉동실이 꽉 차서 그렇잖아요! 냉동실이 무슨 테트리스도 아니고. 어떻게 제대로 넣어요!"

텔레비전 소리가 커졌다.

어느 틈엔가 리모컨을 손에 넣은 유사가 텔레비전을 보고 있었다.

"유사야! 소리가 너무 크잖아! 줄여!"

"엄마랑 언니 목소리 때문에 안 들려."

"안 줄이면 끈다!"

엄마가 쿵쿵거리면서 거실로 왔다.

"그만하세요. 제가 2층에 올라갈게요. 유사는 소리 좀 줄이고."

"그만하긴 뭘 그만해! 아직 얘기 안 끝났잖아!"

나는 책가방과 보조 가방을 들고 거실을 떴다.

"지사! 얘기하다 말고 어딜 가! 어디서 배운 버르장머리야!"

계단 밑에서 엄마 목소리가 좇아왔다. 무시하고 계단을 올라갔다. 마음 같아서는 뛰어 올라가고 싶지만, 발이 아파서 한 계단씩 천천히 올라갔다.

아, 짜증 나. 부엌에서 식빵이라도 들고 올걸. 하지만 발이 아파서 다시 내려가고 싶지는 않았다. 엄마가 또 뭐라고 잔소리할 텐데, 그것도 듣기 싫었다.

짜증 난다를 되뇌면서 옷을 갈아입고, 곧바로 침대 위에 엎어졌다.

"언니, 밥 먹어."

유사 목소리가 들렸다.

방이 어두컴컴했다.

침대 옆에 놓인 자명종 시계를 봤다. 어느새 7시였다. 침대 위에서 뒹굴다가 잠이 든 모양이었다.

"언니, 리모컨 고마워."

유사가 침대 옆으로 와서 말했다.

"참 빨리도 말한다."

그랬더니 유사가 어리둥절한 표정을 지었다. 참 속 편해서 좋겠다.

1층 식당으로 내려갔다. 아빠가 텔레비전 야구 중계를 보면서 마른오징어 구이를 안주 삼아 맥주를 마시고 있었다.

"잘 다녀오셨어요?"

아빠가 돌아봤다.

"아, 엄마한테 얘기 들었다."

"뭘?"

"동생한테 잘해 주고, 엄마도 좀 도와라."

뭐래? 내가 잘못했다고?

잠자코 있었다.

"대답 안 해?"

아빠가 재촉했다.

하고 싶은 말은 많지만, 어차피 돌아올 소리는 뻔했다. "변명하지 마라" "네가 잘못하니까 그런 거다" 심지어 기분 나쁠 때는 "어디서 말대답이야?" 하며 따귀를 때리기도 했다.

"네."

네, 하는 대답에 만족했는지, 아빠는 다시 텔레비전으로 고개를 돌렸다. 이쯤에서 끝나 다행이다. 어쩌면 텔레비전을 보고 있어서 설교가 빨리 끝났을 수도 있다.

손을 씻으러 부엌으로 갔다.

"지사, 오늘 체육복 입고 왔지? 교복 치마, 보조 가방에서 안 꺼냈지? 구겨지니까 꺼내서 옷걸이에 잘 걸어 둬."

"네."

"그리고 체육복, 빨게 내놔. 빨래로 확실하게 꺼내 놓지 않으면 모르잖아. 두 벌밖에 없는데."

"알아요."

아아, 시끄러.

"지사, 이거 아빠 가져다드려."

엄마가 마파 가지와 당면 샐러드를 건넸다.

"네."

마파 가지와 당면 샐러드를 가져가서 아빠 앞에 놨다.

"아빠, 여기요."

"오냐."

아빠는 마파 가지를 한 입 먹었다.

"달아."

그러더니 부엌에 있는 엄마에게 물었다.

"또 뭐 없어?"

엄마는 된장국을 뜨던 국자를 내려놓았다.

"지사야, 된장국 좀 담을래?"

"네."

그리고 엄마는 냉장고를 열고 안을 들여다봤다.

"모즈쿠, 두부, 햄은 있는데."

"햄."

아빠가 시키는 대로 엄마는 냉장고에서 햄을 꺼내 얇게 썰었다.

"지사, 밥도 퍼 줄래?"

"네."

"아빠 건 됐어. 맥주 마실 때는 밥 안 드시니까."

"알아요."

나는 식기 건조대에서 밥그릇을 꺼내 세 사람 밥을 펐다.

아빠는 항상 엄마가 만든 음식에 불평을 늘어놨다. "입에 안 맞아" 하거나 "대체 뭘 만든 거야?" 하고 아예 손도 안 댈 때도 있었다.

엄마가 접시에 햄을 담아서 아빠에게 줬다. 그러자 아빠는 "마요네즈"라고 했고, 엄마는 마요네즈를 가지러 다시 부엌에 갔다.

"너희들, 식기 전에 먼저 먹어."

"네, 잘 먹겠습니다."

"잘 먹겠습니다."

마파 가지는 맛있었다. 가지를 별로 안 좋아하는 유사도 맛있다면서 먹었다. 아마 유사를 위해서 달게 만든 듯했다.

"잘 먹겠습니다."

엄마도 식탁에 앉아서 마파 가지를 먹었다.

"우리 유사, 가지 잘 먹네."

"응."

"엄마, 이거 달콤해. 맛있어."

"다행이다."

엄마가 오늘 처음으로 웃었다.

"밥."

아빠가 밥을 달라고 했다. 엄마는 이제 막 자리에 앉았는데 다시 일어나서 부엌에 갔다.

밥을 다 먹고 그릇을 부엌으로 가져갔다.

"설거지 좀 도와."

엄마가 나한테 말했다.

"네에?"

절로 한숨이 흘러나왔다.

엄마는 그 한숨을 그냥 넘기지 않았다.

"컵 하나도 제대로 안 씻어 놓으면서!"

엄마는 걸핏하면 화를 냈다. 엄마의 인내 주머니 끈은 낡아서 잘 끊어지는 듯했다. 어쩌면 처음부터 그런 끈 같은 건 없었는지도 모르지만.

거실에 있는 아빠 귀에도 엄마의 신경질적인 목소리가 들린 모양이었다.

"지사! 엄마 좀 잘 도와라!"

아빠가 소파에 누워서 시선은 텔레비전을 향한 채 말했다. 고개도 돌리지 않았다. 그렇게 야구가 중요하면 이쪽에는 관심 끄고 야구에만 집중하면 좋을 텐데.

"저도 부엌이 깨끗하면 컵 정도 씻는다고요. 근데 컵을 씻어도 놓을 데도 없는데, 씻고 싶겠어요?"

진심이었다. 절대 돕기 싫은 게 아니었다.

"엄마는 출근하고, 유사 데리러 가고, 장 보고, 세탁물 걷고, 밥도 하고, 다 하잖아. 엄마는 하고 싶지 않은 것도 하는데, 너도 아무리 하고 싶지 않아도 설거지 정도는 해야지. 중학생이나 됐으면서."

엄마가 그 모든 걸 혼자 하는 건 나도 잘 안다. 물론 엄마도 힘들 것이다. 하지만 이렇게 좁고 지저분한 부엌에서 짜증 내는 엄마와 같이 설거지하고 싶지 않았다.

"저 말고 아빠한테 얘기해 보세요. 아무리 중학교와 초등학교로 다르다고 해도 똑같은 학교 선생님이잖아요. 그런데 아빠는 집안일도 안 하고, 유사도 안 봐주고. 그게 더 이상하지 않아요? 저요, 그래도 세탁물 걸으려고 했어요."

아빠는 엄마는 때리지 않았다. 예의범절이니, 교육이니 하는 말이 안 통하기 때문이었다. 그래도 엄마는 아빠한테 말한마디 못 했다. 무슨 말이라도 할라치면 큰 소리가 날아오니까. 큰 소리도 맞는 것 못지않게 끔찍하게 무서웠다.

"아무리 생각해도 안 했으면 결국 안 한 거잖아! 정말이지, 너는 늘 말대꾸만 하고! 좀 고분고분하게 해 봐!"

그래서 어쩌라고. 그런 말 듣고 나서 "그럼 같이 설거지해요" 하는 말이 나온다고 생각하는 걸까.

"눈 똑바로 안 떠?"

아아, 정말 싫다, 싫어. 더 이상 여기 있고 싶지 않았다.

그대로 부엌에서 나가려고 했다.

"지금 뭐 하는 거야? 지사, 엄마 도우랬지?"

갑자기 아빠 고함 소리가 날아왔다.

나와 엄마 목소리 때문에 텔레비전 소리가 안 들렸던 모양이다. 아빠는 리모컨으로 텔레비전 소리를 높인 뒤 리모컨을 쿠션 위로 홱 던졌다.

아빠가 그렇게 리모컨이든, 신문이든 아무 데나 던져 놓으니까 유사가 리모컨이 없다고 떠드는 거잖아요.

정말 짜증 났다. 빨리 이 짜증 나는 곳에서 벗어나고 싶었다. 후다닥 설거지해 놓고 내 방에 가자.

나는 심호흡을 해서 마음을 진정시킨 뒤 부엌으로 돌아갔다.

"설거지할 테니까, 그릇 놓을 자리 좀 만들어 주세요. 안 그러면 안 해."

"얘, 말하는 것 좀 봐."

"엄마는요? 그게 지금 부탁하는 말투예요?"

"됐어. 엄마 혼자 할 테니."

엄마는 내 손에서 노란색 스펀지를 뺏었다.

"그러시던지."

그러면 처음부터 그렇게 말했으면 좋았을 텐데. 빨리 그랬으면 이렇게 짜증도 안 날 텐데.

아아, 짜증 나.

나는 찬장 문을 열었다.

"지사, 뭐 하는 거야?"

"먹을 거 찾잖아요!"

봉지 라면이 있었다. 하지만 냄비, 그릇 같은 설거짓거리가 나오면 또 잔소리를 들을 게 뻔했다. 라면은 포기하고 다른 것을 찾았다. 마땅한 게 없어서 냉장고 문을 열었다.

먹다 만 어묵 봉지가 있었다.

"어묵 먹을래요."

"밥 먹은 지 얼마나 됐다고. 그만 먹어. 살쪄."

"아이참, 상관 마세요!"

어묵 봉지를 들고 2층 방으로 올라가서 네 개를 순식간에 먹어 치웠다.

내 편은 없어

월요일 아침. 등교하는데, 쭈글쭈글 주름진 치마에 온통 신경이 가 있었다. 시선이 자꾸만 아래쪽으로 향했다.

엄마가 치마를 옷걸이에 걸어 두라고 했는데, 까맣게 잊고 있다가 아침에야 생각이 났다. 서둘러 다림질했지만, 시간이 없어서 치마에 진 주름을 제대로 펼 수 없었다.

밑을 보면서 걷는데 송충이가 잔뜩 떨어져 있다. 어떤 녀석은 자전거에 밟혀 짓눌렸고, 어떤 녀석은 아직 살아서 꿈틀거렸다. 이 녀석들이 도대체 어디서 떨어진 거지 하고, 위를 올려보니 벚나무가 서 있었다.

어렸을 때, 어린이집 가는 길에 앞마당에 벚나무가 있는 집이 있었다. 연분홍색 꽃에 빠져서 올려다보고 있는데 엄마가 "저게 벚꽃이야" 하고 가르쳐 줬다.

"우리 집에도 있으면 좋겠어"라고 하자, 엄마는 "마당에 벚나무를 심으면 송충이가 너무 많이 생겨" 했다. 그러고는 "늦겠다. 자, 빨리 걸어" 하며 내 손을 잡아당겼다.

가장 오래된 기억이다.

벚나무에는 송충이가 있다.

맞다. 엄마 말은 옳았다. 하지만 낭만은 없었다. 송충이가 있더라도 마당에 벚나무가 있었으면 얼마나 근사했을까.

걸음을 멈추고 도로 위에 짓눌린 송충이를 멍하니 보고 있는데, "고토, 빨리 학교 가!" 하는 소리가 들렸다. 소리 들리는 쪽을 쳐다보니, 같은 반 마오가 강 건너편에서 자전거를 타고 가며 손을 흔들었다.

얼마나 오래 멍하니 있었던 걸까. 시간을 보니 서두르지 않으면 지각이다. 학교를 향해 뛰기 시작했다.

벨 소리가 멈추는 것과 동시에 아슬아슬하게 교실에 들어갔다. 다행히 선생님은 아직 교실에 오지 않았다. 가쁜 숨을 몰아쉬면서 자리로 가서 교과서와 공책을 서랍에 넣고, 책가방은 사물함에 넣으려고 교실 뒤편으로 갔다.

사물함 앞에는 아까 나한테 말을 걸었던 마오가 있었다. 마오는 친구들과 황금연휴 계획을 이야기하고 있었다.

"가족여행은 1학년 황금연휴 때가 거의 마지막 기회야. 동아리 활동을 본격적으로 시작하면 공휴일에도 연습하러 나와야 할 테니까."

"맞아. 그래서 우리는 이번에 하와이 가기로 했어."

"와, 하와이? 대박. 난, 외국에 한 번도 못 가 봤어."

"마오, 넌 외국은 아니지만 오키나와 간다며? 좋잖아, 바닷가니까. 우린 사이타마라고 했나, 거기 어느 공원에 지면 패랭이꽃 보러 가. 그런 건 우리 집에도 있는데."

모두 황금연휴에는 식구들과 여행을 가는구나. 우리 집은 마지막 가족여행이 언제였을까. 기억도 안 난다. 우리 가족 같은 사람들하고 여행 간다고 해서 무슨 재미가 있겠어. 아무 데도 안 가도 돼. 그래도 바닷가에 가서 자유로운 기분을 만끽해 보고 싶다.

"동아리 일정은 동아리 담당 선생님한테 달린 거 같아."

"하긴 그래. 선생님도 가족이 있으니까. 역시 가족은 소중하잖아."

아, 그렇구나. 선생님도 가족여행을 가지. 우리 아빠처럼 혼자 마음대로 경마장이나 온천 가는 사람은 드물 거야.

"아, 고토, 안녕."

마오가 내가 옆에 있는 걸 알아채고 인사했다.

"안녕."

가방을 사물함에 넣으면서 대꾸했다.

"안 늦었네. 학교 오다 말고 계속 땅바닥만 보고 있었잖아. 걱정돼서."

"응, 고마워."

하필 그러고 있을 때 봤구나.

"고토, 너도 이번 연휴 때 어디 가?"

마오와 얘기하던 미우도 나를 보았다. 미우 눈길이 아래로 쓱 내려갔다. 아, 치마 주름을 보잖아.

"가긴 어딜 가겠어. 우리 아빠는 가족이 소중하지 않은 학교 선생님인데. 매일 학교 동아리에 가셔."

"무슨 말을 그렇게 해? 그냥 아무 데도 안 간다고 하면 되지."

마오는 흥, 하고 고개를 돌리며, 다른 친구들과 "쟤, 왜 저래?" "그러게" 하며 수군댔다. 나는 곧바로 내 자리로 돌아갔다.

하긴 내 말투가 거슬릴 만했다. 그런데 온 가족이 같이 여행 가는 게 왜 당연하다고 여길까? 짜증 난다. 즐겁기는커녕 여행조차 떠나지 못하는 가족도 있다고.

하지만 금방 후회했다. 이 일로 마오와 친구들이 나를 싫어하게 될 수도 있으니.

그날 마오는 더 이상 나한테 말을 걸지 않았다. 나는 사과하려고 기회를 봤지만, 마오는 아주 자연스럽게 나를 피했다.

마오는 활달하고 머리가 좋았다. 입담도 좋아서 같이 어울리는 친구들 사이에 리더 같은 존재였다. 그런 아이를 적으로 돌린다는 것은 친구들 모두를 적으로 돌린다는 의미와 같다. 그런 미묘한 분위기는 대부분의 아이들이 민감하게 알아차린다.

여학생들은 대부분 화장실이나 이동수업 갈 때 친구들과 같이 어울려 다닌다. 하지만 나는 여학생 특유의 그런 끼리 문화를 좋아하지 않았다. 그래서 거의 혼자 다닌다. 그렇다고 해서 특별히 소외된 것도 아니었다. 모두 평범하게 나를 대했다.

이날 종례 시간쯤 됐을 때는, 같은 반 여학생들 가운데 나한테 먼저 말을 거는 사람이 아무도 없었다.

아무리 같이 어울리는 친구들이 없다고 해도 아무도 나한테 말을 안 건다는 건 비참했다.

남학생들은 여학생들의 이런 분위기에 완전히 둔감했다. 야마다 담임선생님은 맹한 면이 있어서 알아채려면 시간이 좀 걸릴 것이다. 선생님이 알게 되고, 시켜서 모두가 나한테 말을 걸어도 허탈할 것 같지만.

야마다 선생님은 정말 느긋하다. 이야기할 때, 좋게 말하면 세심하고, 단도직입적으로 말하면 너무 길다. 다른 반 아이들이 종례를 마치고 복도로 나오든 말든 전혀 개의치 않았다. 그래서 동아리에 늦을까 봐 늘 뛰어가야 했다.

어찌어찌 종례가 끝나고 동아리방으로 뛰어갔다. 1학년생들이 배트와 베이스를 나르고 있었다.

아냐는 안 보였다.

"미안, 늦었어."

숨을 고르면서 모두를 보며 사과했다.

"넌 늘 늦더라."

유리가 공이 담긴 바구니를 끌어당기면서 말했다.

"웅, 야마다 선생님 말씀이 너무 길어서. 반대쪽 들게."

"고마워."

"아, 유리야, 너, 1반이지?"

"웅."

"아냐와 같은 반?"

"아냐?"

"다카이 아사카."

"아, 다카이. 웅, 같은 반."

"오늘은 여기 안 와?"

"잘은 모르는데, 지금 없다는 건 안 오는 거 아닌가?"

"금요일에 같이 집에 가는데 소프트볼 동아리에 들어올까 하던데."

"걔, 금요일에 편의점에 갔다가 소프트볼 동아리 선배한 테 들켜서 혼났다던데."

그때 뒤에서 누군가 말했다. 돌아보니 메이였다. 메이도 1 반이었나? 메이하고는 같은 초등학교였다. 하지만 왠지 대 하기 편하지 않은 존재였다.

"그래서 여기 들어오기 싫어진 거 아냐? 그러게, 뭣 하러 하굣길에 편의점에 들러. 집에 갔다가 옷 갈아입고 가면 되잖아. 바보 같이 찍히기나 하고."

메이는 잘 알지도 못하면서 그런 소리를 했다. 모르는 척
하고 듣기엔 거슬렸다.

"그게 아니야. 아냐는 배가 아파서 편의점 화장실에 잠깐
갔던 거야."

"그런 말, 나한테 해도 소용없어."

"그래? 그럼 선배한테 가서 말해야겠다. 어느 선배야?"

운동장에 있는 선배들에게 가려고 하자, 유리가 팔을 붙잡
으며 말렸다.

"지금 뭐 하는 거야. 선배 들이받았다가 우리 1학년 모두
미운털 박히면 어떡해."

"그치만 아냐가 괜히 오해받아서 못 들어오면 안됐잖아."

"걘 그냥 마지막에 한번 체험하러 온 거고, 여기 들어올 생
각은 없던 거 아닐까?"

"소프트볼 동아리 들어가 볼까 했다니까."

"들어가 볼까 한 거지 들어온다고 한 건 아니잖아."

"아니, 들어온다고 했어."

도대체 어느 쪽이야, 하는 얼굴로 유리가 나를 쳐다봤다.

"너, 걔랑 집에 같이 가지 않았어? 너희 집 편의점 근처잖
아. 너희 화장실 쓰게 하지 그랬어? 그러면 선배들한테 혼나
는 일도 없었을 테고, 반은 네 책임이네."

메이가 유리 편에 붙으며 말했다.

"헐. 네가 뭔데 그런 소리를 해? 내가 우리 집 화장실을 안 빌려준 게 잘못이 아니라, 편의점 화장실 좀 들렀다고 혼내는 선배들이 잘못한 거잖아."

"혼을 낸 게 아니라 주의만 준 거지. 선배 무섭다고 안 들어오는 거면 꼭 편의점 일이 아니라도 어차피 동아리가 싫어질 거야. 소프트볼 선배들은 무서우니까."

"맞아. 근데 그 일에 왜 네가 난리야?"

유리와 메이가 나를 쏘아봤다. 다른 1학년 부원이 멀찌감치 떨어져 우리를 지켜보고 있었다.

"됐어. 그만하자. 선배한텐 아무 말 안 할게."

사실은 하나도 됐다는 생각이 들지 않았다. 다만 쳐다보는 시선들이 싫어서 지금은 물러서기로 했다.

그런데 그걸로 끝이 아니었다.

전에도 유리와는 잘 안 맞는다고 생각했다. 그런데 오늘따라 유리가 노골적으로 싫은 티를 냈다.

나와 유리는 키가 비슷해서 준비체조나 캐치볼을 할 때 짝이 되곤 했다.

호리호리한 유리가 나와 등을 맞대고 덩치 큰 나를 들어 올려야 하니 당연히 미안한 마음이 들었다. 하지만 "안돼ㅡ, 무거워ㅡ, 못 해ㅡ" 하고 큰 소리로 떠든 건 분명히 고의적이었다. 나도 유리와 짝이 되고 싶어서 된 게 아닌데.

캐치볼을 할 때도 유리는 계속 엉뚱한 곳으로 던졌다. 그때마다 나는 운동장 구석까지 공을 주우러 뛰어가야 했다.

"너, 일부러 그러는 거지?"

"아니야. 나, 아직 잘 못 던져서 그래."

"그럼 자리 바꾸자. 내가 건물 쪽으로 갈 테니까 네가 운동장 쪽으로 가."

"좋아."

그렇게 자리를 바꿨다. 내가 처음에 던진 공은 완전히 빗나갔다. 유리 머리 위로 높이 날아갔다.

"앗, 미안."

진짜 일부러 그런 게 아니었다. 하지만 유리가 믿어 줄 리가 없었다. 아주 사나운 표정으로 나를 째려본 뒤 운동장 구석까지 공을 주우러 뛰어갔다.

1학년은 4월까지는 5시에 마친다. 선배들은 5시 45분까지 연습을 해서 인사하고 1학년만 먼저 연습을 마쳤다.

유리는 서문, 나는 동문으로 학교를 나갔다. 유리와 집이 반대 방향이라서 다행이었다. 하지만 메이와는 같이 갈 수도 있다.

나는 메이를 피하려고 체육 창고 옆에 있는 화장실에 들르기로 했다.

화장실에 들어가 문을 잠갔다. 휴 하는 한숨부터 흘러나왔다. 몸보다 마음이 더 지쳤다.

"그, 고토 지사라는 애 말인데."

갑자기 내 이름이 들렸다. 심장이 쿵 했다.

"걔 왜 그런대? 늘 저래?"

유리 목소리였다. 유리가 내 얘기를 하면서 화장실에 들어왔다.

"응. 초등학교 때부터 계속 저랬어."

다른 사람은 메이였다.

부스럭부스럭 가방을 뒤적이는 소리가 났다. 빗이나 립글로스라도 찾는 모양이었다. 화장실 개별 칸으로 들어갈 기미는 없었다. 둘은 거울 앞에서 계속 나를 험담했다.

"걔, 다 자기가 옳은 줄 아나 봐."

"그런 면이 없지 않아. 걔네 부모님 모두 학교 선생님이라서 그런 영향도 있지 않을까?"

"음, 알 거 같아. 부모님이 선생님인 애들은 아주 착하거나 매우 나쁘거나 하잖아."

"맞다 맞아. 걘 확실히 성격 나쁘고 못된 쪽."

"그치?"

두 사람은 한동안 내 뒷담화를 늘어놓고는 키득키득 웃으면서 화장실을 나갔다.

날 저 정도로 싫어하는구나.

충격이었다. 화장실에서 한동안 나갈 수 없었다.

잠시 뒤, 진정되자 몹시 화가 치밀었다.

유리네 아빠가 무슨 일을 하는지는 모르지만, 일부러 엉뚱

한 방향으로 공을 던진 건 개잖아. 그러면 성격이 나쁘고 못된 건 유리인 거잖아!

아, 열받아.

열받아.

열받아.

열받아.

속으로 되뇌면서 화장실을 나갔다.

"굳이 여기 들어올 생각이 없던 거 아니야?"

유리가 한 말이 갑자기 머릿속에서 되살아났다.

아냐는 내가 소프트볼 동아리에 들어가서 자기도 들어간다고 했다. 그런데 내가 화장실을 빌려주지 않아서 실망했을 수도 있다. 아냐가 소프트볼 동아리에 안 들어온 건 메이 말이 맞을 수 있다. 모두 내 탓이라는 생각이 들었다.

아, 화장실을 빌려줄걸. 하지만 안 지 얼마 안 된 사람한테 그 더러운 집을 절대 보여 줄 수 없었다. 그렇지만 편의점에는 같이 가 줄 수도 있었잖아. 그런데 난 아냐를 혼자 남겨놓고 집으로 뛰어갔다. 난 형편없는 애다. 정말로 내가 성격 나쁘고 못됐는지도 모르겠다.

기분이 점점 가라앉았다. 이럴 땐 먹는 게 최고였다. 먹으면 기분이 조금 풀리니까. 집에 가서 마요네즈 듬뿍 뿌려서 야키소바를 먹어야지.

저녁 먹을 때 아빠가 웬일로 말을 걸었다. 오늘은 월요일, 야구 중계가 없는 날이다.

"학교는 어떠냐?"

"그냥 평범해요."

"반 분위기는? 왕따는 없고?"

"없는 거 같은데, 등교 거부가 한 명 있어요."

"입학한 지 한 달도 안 됐는데 벌써 등교 거부라. 앞날이 훤하다. 그래, 친구는 생겼냐?"

잠시 대답이 막혔다.

"네, 뭐."

"동아리는?"

"공 줍고, 뛰어다니기만 해요."

"처음에는 그러겠지."

"근데 오늘은 3학년 선배들이 수학여행 설명회 때문에 안 와서 캐치볼을 했어요. 절 싫어하는 애와 짝이 돼서 싫었지만."

"그래."

"무서운 선배도 있는 것 같고, 아직 가입원서를 안 냈으니까, 다른 동아리로 바꿀까도 싶고. 수영부에 가면 살도 빠질 거 같은데."

그 말에 아빠가 갑자기 식탁을 탁 내리쳤다.

"그렇게 참을성이 없어서, 나 원. 다른 데 가면 싫은 애 없을 거 같으냐? 겨우 그깟 일로 소프트볼 동아리를 그만두는 건 절대 안 된다!"

별안간 떨어진 불호령에 깜짝 놀랐다. 찍소리도 못 했다. 유사는 울상이 되었다.

엄마는 유사를 달래고 나서 나한테 말했다.

"다 시련이거니 생각하고 열심히 해 봐."

하루 이틀 있던 일이 아니다.

초등학교 4학년 때 일이다. 아빠 학교 근처에 있는 스포츠 클럽과 스포츠용품점에서 공동으로 주최한 스키 캠프에 간 적이 있었다.

아빠는 그 스포츠용품점 주인과 아는 사이였다. 그래서 나는 스포츠클럽 회원은 아니지만 참가할 수 있었다. 한 번도 스키를 타 본 적이 없어서 아빠가 "갈래?" 하고 물었을 때 망설이지 않고 "갈게요" 하고 대답했다.

떠나기 전에는 한껏 기대에 부풀었다. 그런데 버스에 올라타자마자 기대는 후회로 바뀌었다. 다른 아이들은 모두 스포츠클럽을 다녀서 이미 친구였다. 소외감은 이루 말할 수 없었다. 내가 쭈뼛거리는 성격만 아니었어도 그나마 나았을 텐데 그러지 못했다. 전학생처럼 자기소개를 하는 시간도 없었다. 낯선 아이들 속에 덩그러니 내던져져서 "쟤, 누구야?" 하는 시선을 한 몸에 받으며 3박 4일을 견뎌야 했다. 즐거울 리가 없었다.

그래서 다음 해인 5학년 겨울방학을 앞두고 아빠가 올해도 가겠냐고 물었을 때 가고 싶지 않다고 했다. 그 말에 아빠는 고작 그것밖에 안 되는 애였냐? 실망이다, 하고 내뱉듯이 말했다.

그때는 아빠가 왜 그렇게 화를 내는지 이해가 안 됐다. 하지만 이제는 안다. 당신이 주선해 준 스키 캠프 자리를 내가 좋아하면서 "갈게요" 하며 대답하지 않아서 마음에 안 들었던 거다. 나를 생각하는 마음이 조금이라도 있다면 왜 안 가고 싶은지 물어봤을 거다.

결국 나는 5학년 때도 친구 한 명 없는 스키 캠프에 내던져졌다.

6학년 때는 참가자가 적다는 이유로 캠프가 취소됐다.

취소 소식을 들은 뒤에 엄마한테 "작년까지 싫어도 갔는데 올해는 취소가 돼서 다행이에요" 하고 털어놓았다. 엄마는 "엄마도 다 끼리끼리 갈 텐데 혼자서 괜찮을까 싶었어" 하고 말했다. 그렇게 말하면서, 왜 엄마는 아빠한테 얘기해 주지 않았을까 하는 생각에 엄마에 대한 믿음이 사라졌다.

가족과 함께한 추억은 다 그런 식이었다.

아빠는 내가 아빠 생각대로 안 되면 소리 질렀고 간혹 손찌검도 했다. 내 기분이나 상황은 전혀 생각해 주지 않았다. 중요한 건 당신 자신밖에 없었다.

엄마는 아니라는 생각이 들어도 아빠 말을 거스르지 않았
다.

우리 가족은 내 편이 아니었다.

집, 학교, 그 어디에도 내 편은 없었다.

황금연휴

황금연휴 첫날 아침, 엄마가 현관 신발장에서 신발을 꺼내고 있다.

"뭐 하세요?"

"청소. 이번 연휴에는 집을 좀 치우려고."

"흐음."

"근데 신발, 입학할 때 샀는데 벌써 다 떨어졌네."

"네. 앞부분이 떨어져서 걸려요. 가끔 넘어질 뻔해요."

"그건 위험하지. 오후에 신발 사게 쇼핑하러 가자. 청소기도 좀 보고 싶고."

"네, 고마워요."

그날 오후, 엄마가 운전하는 차를 타고 집 근처에서 가장 큰 쇼핑몰에 갔다. 유사도 함께 데리고 갔다. 아빠가 유사를 봐줄 리 없으니까.

이 쇼핑몰에는 귀여운 소품을 파는 가게와 책방, 식료품부터 가구까지 없는 게 없다. 그런데 차를 타고 가야만 갈 수 있는 거리에 있다. 만화나 텔레비전 드라마에서, 친구들끼리 학교나 학원에서 돌아오는 길에 패스트푸드점이나 쇼핑몰에 들르는 장면이 나오면 무척 부러웠다. 여기는 너무 시골이라서 차가 없으면 아무 데도 갈 수 없으니까.

자전거로 갈 수 있는 거리에 쇼핑몰이 있더라도 나하고는 아무 상관없을 테다. 어차피 같이 갈 친구도 없으니.

황금연휴라서 쇼핑몰은 주차할 곳이 없을 정도로 붐볐다.

마침 기계식 주차장 앞을 지나는데 차가 한 대 나왔다. 주차장 표시가 '가능'으로 바뀌었다.

"아, 다행이다."

엄마는 격하게 반응하며 기계식 주차장 쪽으로 차를 몰았다.

유사는 빙글빙글 돌아가는 이 주차장을 좋아했다. 하지만 나는 멀미가 나려 해서 좋아하지 않았다. 어디까지 가야 하나. 결국 옥상까지 가서야 차를 델 수 있었다.

쇼핑몰에서 유사가 엘리베이터가 아니라 에스컬레이터를 타고 싶다고 해서 에스컬레이터로 2층 신발 가게로 내려갔다.

에스컬레이터 위에서 다양한 색상과 종류의 신발들이 내려다보였다. 신발들이 점점 가까워지자, 빨간색과 검은색 무늬가 섞인 운동화가 눈에 띄었다. 나는 에스컬레이터에서 내리자마자 곧장 그 운동화를 향해 갔다.

발끝부터 발등 부분이 빨갛고, 발꿈치 주변은 두툼한 검은색이다. 빨강부터 검정으로 변하는 단계가 정말 멋있었다. 신어 보니, 가볍고 편했다. 재고 정리라서 값도 절반밖에 안 됐다.

"이것 좀 보세요. 대박이에요."

"응, 잘 어울리네."

"이거, 사고 싶어요."

"근데 학교는 흰색만 신어야 하잖아."

"그렇긴 한데."

"두 켤레는 안 돼. 정 갖고 싶으면 네 용돈으로 사."

이번 달 용돈으로는 만화책과 펜 그리고 과자도 많이 사서 천 엔도 안 남았다. 그 돈으로 어림도 없었다. 입학 축하로 돈을 받으면, 엄마는 전부 정기예금에 넣어 버리면서.

"그냥 흰색으로 골라."

"아, 좀만 더 보고요."

나는 빨간색과 검은색이 섞인 운동화를 신은 채 꾸물거렸다. 이걸 지금 벗으면 두 번 다시는 신지 못할 테니.

"청소기도 봐야 하고, 저녁 시장도 보러 가야 해."

엄마는 유사에게 신발을 신기면서 나에게 재촉했다. 유사가 신은 신발은 분홍색에 유사가 좋아하는 캐릭터가 큼지막하게 붙어 있었다.

46

유사는 좋겠다. 마음에 드는 신발을 살 수 있어서. 흰 운동화는 브랜드에 상관없이 디자인이고 뭐고 다 거기서 거기였다.

미련은 남지만, 신고 있던 운동화를 벗고, 제일 가까운 데 있는 240짜리 흰색 운동화를 집어 신었다. 새끼발가락이 조금 눌려서 불편했다. 볼이 좀 더 있어 보이는 신발을 신고 걸어 봤다. 바닥이 너무 얇은 것 같다. 다음에 고른 신발은 사이즈도 맞고 신었을 때 느낌도 좋았다.

"이거로 할게요."

"얼만데?"

"이게, 3,400엔."

"그래, 그걸로 하자."

이런 신발이 3,400엔이나 하다니. 빨강과 검정이 섞인 운동화는 3,000엔이었는데….

왜 마음에도 안 들고 가격도 비싼 이 신발을 사야 하는지.

학교는 이런 점이 싫다. 불합리하다고 해야 할지, 융통성이 없다고 해야 할지.

교복만 해도 그렇다. 이제는 날도 더운데 아직 날짜가 되지 않았다는 이유로 긴소매를 입어야 한다. 고문이 따로 없다. 중학교 3년 동안 체격이 많이 달라진다. 쉽게 새로 사지도 못하는 교복을 입어야 하니, 처음부터 이상하다. 남학생들은 교복이 헐렁해서 옷걸이에 걸린 교복이 혼자 걸어가는 것처럼 보인다. 3학년들은 바지가 짧아져서 밑단으로 하얀

양말이 삐져나와서 보기 싫다. 몸에 맞지도 않는 교복을 입고 다녀야 하는, 참으로 이상한 상황이다.

마음에도 안 드는 흰 운동화를 사고 1층 가전제품 매장으로 갔다.

매장 입구에서 스마트폰을 팔고 있었다. 다양한 스마트폰을 곁눈질하면서 청소기 매장으로 갔다.

청소기도 무선, 사이클론 등등 신발이나 스마트폰 못지않게 다양했다. 이것저것 구경하다가 엄마는 주변을 두리번거렸다. 혼자 결정할 수 없어서 점원 의견을 들으려는 모양이었다. 하지만 오늘은 사람들이 아주 많았다. 점원들 모두 다른 손님을 상대하느라 바빴다.

나도 물어볼 점원을 찾느라 이리저리 둘러보았다. 그러다가 조금 전에 지나온 스마트폰 매장이 눈에 들어왔다.

한 남자아이가 엄마와 스마트폰을 구경하고 있었다. 초등학생쯤 될까.

쟤, 좋겠다. 초등학생인데 스마트폰도 사고.

우리 반 여학생들은 스마트폰으로 라인을 한다. 그런데 아빠는 "중학생이 스마트폰이 무슨 필요가 있냐"고 한다. 나는 당연히 스마트폰이 없다. 스마트폰이 있어도 어차피 나한테 메시지를 보낼 사람도 없지만.

남자아이가 이걸로 할까, 하는 얼굴로 고개를 들었다. 낯이 익은 얼굴이었다.

고바야시 진이었다.

고바야시 진과는 같은 반이지만 얘기를 나눈 적은 없었다. 얘기를 나눠 볼 새도 없이 학교에 안 나왔기 때문이다. 촐랑거리는 느낌이라서 등교 거부를 할 거라고는 생각하지 못했다.

고바야시는 학교도 안 오는데 스마트폰을 사는구나. 나는 학교를 쉬기는커녕 동아리도 못 바꾸는데. 세상은 왜 이렇게 불공평할까.

결국 나는 아빠, 엄마 말대로 시련이라 여기고 소프트볼 동아리에 들어갔다.

유리와 메이한테서는 여전히 찬바람이 불었다. 배팅 연습을 하면 기분 전환이 될 줄 알았다. 그런데 3학년이 은퇴할 때까지 1학년은 별로 할 일이 없었다. 그래도 이번 황금연휴가 끝나면 1학년도 아침 연습을 시작하고, 토요일과 일요일뿐 아니라 다른 공휴일도 동아리 활동에 참석해야 한다. 그 생각만 하면 마음이 무겁다. 하지만 어쩔 수 없겠지? 이게 다 시련이라니까.

근데 뭘 위한 시련일까?

황금연휴는 첫날, 쇼핑몰에 간 것 말고는 내내 집에만 있었다.

아빠는 오전에는 동아리를 지도한다며 학교에 갔다. 집에 돌아오면 점심을 먹고 또 어딘가 외출했다. 아마 경마나 파친코, 아니면 온천이다. 골프 칠 때도 있다. 그리고 저녁 준비가 다 될 무렵에 돌아온다.

황금연휴 전에 아빠는 딱 한 번 "어디 갈까?" 하고 엄마한테 물었다. 하지만 엄마는 "오전에는 일해야 해서 한나절밖에 시간이 없는데, 어딜 가든 붐빌 테니 그냥 집이나 치우고 싶어" 하고 말했다.

아빠는 "그러면 잘 좀 치워 봐" 하는 말만 했다. 왜 "같이 치우자"고 말하지 않을까.

애당초 엄마는 왜 아빠랑 결혼했을까. 착하지도 않고, 잘생기지도 않고, 부자도 아닌데.

아빠는 더 잘 모르겠다. 도대체 왜 결혼을 했을까. 아빠 뜻대로 안 되면 막 소리나 지르면서. 그냥 혼자서 하고 싶은 대로 하면서 살았으면 좋았을 텐데. 당하고 사는 처지에서는 전혀 달갑지 않다.

나는 결혼 같은 건 절대 안 할 거다. 혼자 살 거다. 가족은 내 편이 아니라 적이니까. 적은 집 밖에 있는 걸로 충분하다.

엄마는 집을 치운다고 했지만 별로 진전이 없었다.

"맘 같아서는 온 집을 통째로 청소하고 싶은데, 정리부터 해야 하니까 시간이 부족해도 너무 부족하네. 밥도 하고, 유사도 보고, 텃밭 풀도 뽑아야 하고."

황금연휴가 절반쯤 지났을 때 엄마가 털어났다.

"그럼, 제가 유사 데리고 풀 뽑을게요. 그 사이에 치우세요."

"정말? 고마워, 우리 딸."

엄마가 기쁜 얼굴로 말했다.

엄마도 집이 이렇게 엉망진창인 게 좋지는 않았을 거다. 너무 엉망이라 어디서부터 손을 대야 할지 엄두가 안 나서 그런 게 아닐까.

언제부터 이렇게 물건이 꽉 차게 됐을까.

이 집은 내가 세 살 때 지었다고 들었다. 그 벚꽃을 봤을 때와 비슷한 무렵이었다. 그래서 나는 휑한 마당에 벚나무를 심고 싶다고 생각했을 수도 있다.

그때는 집 안도 텅 비어 있었을 텐데. 짐이 없었을 테니 청소도 쉽지 않았을까.

집 안은 너무 엉망이라서 돕고 싶은 마음이 생기지 않았다. 하지만 마당을 손질하는 건 즐거웠다. 흙을 만지면 마음이 차분해졌다.

"유사, 뿌리까지 다 뽑아."

"응."

이제 겨우 5월인데 여름처럼 더웠다. 열사병에 걸리지 않게 나무 그늘에도 들어가고 물도 마시면서 풀을 뽑았다.

유사는 잡초와 채소 모종을 구분하지 못한다. 무조건 모든 걸 뽑으려고만 들었다. 그러니 잡초 뽑기도 못 시킨다.

"덥지? 물놀이하고 있어."

나는 대야에 물을 받아서 물뿌리개와 페트병을 넣어 줬다.

그러고 나서는 잡초 뽑기에 전념할 수 있을 줄 알았다. 그런데 오산이었다. 유사가 물뿌리개에 물을 담아서 텃밭에 뿌리기 시작했다.

"유사, 안 돼. 하지 마. 질퍽거리잖아."

유사는 엄마 말은 들어도 내 말은 안 듣는다. 어른이 아니라서 나를 만만하게 본다.

"하지 말라니까. 질퍽거리면 잡초 뽑을 때 손과 신발이 더러워지잖아. 물 주고 싶으면 텃밭 말고 저기 나무에 줘."

그래도 유사는 계속 텃밭에 물을 뿌렸다. 나는 유사 손에서 물뿌리개를 뺏었다.

"아아, 싫어. 줘!"

유사가 물뿌리개를 든 내 손을 물었다.

"앗!"

유사가 내 왼손 엄지손가락 밑부분을 물고 놓지 않았다. 뿌리치려고 하면 할수록 이가 더 깊이 파고들었다.

"아얏! 이거 안 놔!"

오른손으로 유사 머리를 탁, 하고 때렸다.

"지금 뭣들 하는 거야?"

거실에서 엄마가 내다봤다.

내가 유사를 때리는 장면을 보고 엄마가 소리쳤다.

"지사, 그만해!"

"유사가 손을 물고 안 놔요. 얘 좀 어떻게 해 줘요!"

나는 계속 유사 머리를 때렸다. 엄마가 샌들을 신는 둥 마는 둥 하고 급히 마당으로 나왔다.

"유사! 어서 놔!"

엄마 말에 유사는 그제야 나한테서 떨어졌다.

"언니가 내 물뿌리개 뺏어 갔어!"

엄마는 울부짖는 유사를 나한테서 멀리 떼어 놓고 이쪽을 돌아봤다.

"어머나, 피. 괜찮아?"

내 왼손 엄지손가락 밑부분에서 피가 줄줄 흘렀다. 제법 피가 많이 흘렀다. 유사 이 자식, 완전 제대로 물었어. 나도 봐주지 말고 때릴 걸 그랬다.

"유사, 언니를 물면 어떡해!"

엄마가 유사를 야단쳤다.

"언니가 내 물뿌리개 뺏어 갔잖아."

"그러니까 물 뿌리지 말라니까 왜 말을 안 들어!"

유사가 아주 밉살스러운 얼굴로 나를 노려봤다. 한 대 더 머리를 쥐어박을까 생각했을 때였다.

"뭐 하는 거야!"

집 안에서 아빠 목소리가 들렸다.

아, 벌써 점심때구나.

아빠는 내 왼손을 보더니 말했다.

"손 씻고 와라."

나는 세면실로 가서 손을 씻었다.

거실에는 아빠가 구급상자를 테이블 위에 가져다 놓고 기다리고 있었다. 아빠는 유사가 물었던 곳을 소독하고 파스처럼 생긴 커다란 반창고를 붙여 줬다.

"붓는 거 같으면 엄마랑 병원 가거라."

또 그런다니까. 아빠가 데리고 가면 안 되는 거야? 왜 전부 엄마 일이 될까?

아빠는 구급상자 뚜껑을 덮으며 말했다.

"왜 너희는 사이좋게 못 지내냐?"

너희, 라고 지칭하지만 나한테 하는 말이었다. 유사는 지금 마당에서 엄마한테 야단맞고 있으니까.

"무슨 일인지는 모르겠지만 네가 여덟 살이나 많잖아. 언니답게 동생을 타일러야지. 유사와 똑같이 굴지 마라."

무슨 일인지 모르면 참견하지 말든지. 유사가 언니라고 생각이나 하는 줄 알아요? 자기하고 같다고 생각하고 만만하게 생각하니까 말을 안 듣는 거잖아요.

"외동보다는 형제가 있으면 좋을 거 같아서 엄마는 몇 번씩 유산하면서도 너를 위해 애써서 유사를 낳은 거잖아. 소중한 여동생이야. 더 사이좋게 지내야지."

나를 위해?

아빠는 늘 이런 식이다. 내가 부탁하지도 않은 일을 혼자

해 놓고 "해 줬으니까 고마운 줄 알아라"라고 한다. 사이좋게 지내고 싶은 동생이라면 사이좋게 지낸다고요. 하지만 그만하라고 해도 말도 안 듣고 물어뜯는 동생과 어떻게 사이좋게 지내?

외동이면 좋았을 텐데.

"지사, 알았냐?"

나는 입 다물고 고개를 떨구고 있었다.

"대답 안 해?"

아빠가 재촉했다.

"…네."

내 생각을 말하고 싶지만 그래 봤자 아빠는 들은 척도 안 한다. 오히려 설교만 길어질 뿐이다. 나는 얌전히 대답했다. 열은 받지만 가장 무난한 대응이다.

엄마가 유사와 같이 안으로 들어왔다.

"괜찮니?"

"네, 아마도."

나는 반창고를 붙인 왼손을 최대한 움직여 보였다.

"언니, 미안해."

유사가 사과했다. 엄마가 시켜서 마지못해 하는 것이겠지만 안 하는 것보다는 나았다.

"나도 머리 때려서 미안."

"응."

"나도 아직 어른은 아니지만, 내가 아는 것도 있어. 텃밭에 물을 뿌리면 장갑과 신발이 질퍽거리니까 하지 말라고 했어. 아마 엄마도 똑같이 말씀하셨을 거야. 누구 말이든 하지 말라면 하지 말자."

"근데 언니는 엄마 아빠한테 많이 혼나잖아. 그러니까 언니가 틀린 것도 있지?"

아, 내 동생이지만 정말 얄밉다, 얄미워. 나이가 비슷한 동생이라면 또 모를까 이런 동생은 정말 필요 없다.

"이봐, 배고파."

아빠가 소파에 누워 텔레비전을 켜면서 말했다.

"다 준비됐어. 지사, 좀 도와줄래?"

엄마는 허둥지둥 부엌에 갔다. 나도 뒤를 따랐다.

부엌에는 냄비 물이 부글부글 끓고 있었다. 도마에는 썰다 만 햄이 있었다.

엄마는 물을 얹어 놓고 햄을 썰다가 마당에서 나와 유사가 다투는 소리를 듣고 뛰쳐나왔던 것이다. 유사가 있어서 정리를 못 한다는 게 이런 뜻이구나. 도중에 방해를 받아서 좀처럼 일에 진척이 없는 것이다. 나도 유사와 같이 엄마를 방해한 셈이다. 엄마한테 미안했다.

"지사, 햄을 거기 접시에 놓아 줄래?"

엄마가 가리킨 접시에는 달걀지단, 오이, 토마토가 놓여 있었다.

"일식 중화냉면이에요?"

"아니, 냉국수. 중화면이 있는 줄 알았는데, 없어서. 네가 먹었지?"

엄마는 선반에서 냉국수 봉지를 꺼내면서 물었다.

"아, 네, 죄송해요."

중화면을 삶아서 깨소금 소스를 뿌려 먹으면 손쉽고 맛도 있다. 학교 다녀와서 매일 한 묶음씩 먹었다.

다 먹은 게 좀 찔려서 엄마가 시키지 않아도 간장소스와 젓가락 그리고 필요한 것을 식탁에 가져갔다.

"고마워."

"네."

엄마는 다 삶은 국수를 찬물에 헹궈서 그릇에 담았다.

"아빠보고 식사하시라고 해."

"네. 아빠, 식사하세요."

"오냐."

아빠는 텔레비전 방향을 소파에서 식탁 쪽으로 바꾼 뒤 손 씻으러 갔다.

텔레비전에서는 축구가 한창이다.

갑자기 "와" 하는 환호성 소리가 들렸다. 텔레비전에서는 상대편 공을 가로챈 선수가 혼자 드리블하며 상대편 골대 쪽으로 돌진하고 있었다.

아, 시끄러워.

나는 텔레비전이 싫었다. 드라마는 보지만 예능이나 광고
는 왁자지껄 시끄러워서 짜증 났다.

하지만 우리 집은 항상 텔레비전이 켜져 있다. 아빠는 늘
텔레비전을 보고 있다. 텔레비전을 안 보면 어떻게 시간을
보낼지 모르는 모양이다.

"뭐야, 이게."

아빠가 냉국수가 든 그릇과 일식 중화냉면 건더기가 담긴
접시를 보며 말했다. 가슴이 뜨끔했다.

엄마가 아빠한테 내가 면을 다 먹었다고 얘기하려나.

"냉국수인데 영양이 부족할 거 같아서."

엄마 말에 안심했다.

"그럼 일식 중화냉면으로 하면 되잖아. 고명 줘."

"지사, 마당에서 산파와 자소엽 좀 뜯어 올래?"

"옛? 제가요?"

그러자 엄마가 째려봤다. 아까 일도 있어서 순순히 마당으
로 나갔다.

"여기요."

"고마워."

엄마는 산파와 자소엽을 잘라서 작은 접시에 놓았다. 냉장
고에서 꺼낸 생강 튜브도 작은 접시에 짜서 식탁으로 가지
고 왔다.

아빠는 접시에 놓인 그대로 간장소스에 넣어서 냉국수를

먹었다.

우리는 일식 중화냉면 고명이 들어간 냉국수를 먹었다. 간장소스에 토마토라서 걱정했는데 별로 이상하지 않았다.

아빠는 냉국수를 다 먹더니 말했다.

"나갔다 올게."

그러고 어딘가 갔다. 나는 곧바로 텔레비전을 껐다.

엄마가 설거지했다. 오늘은 손을 다쳤으니 시키지 않았다. 은근히 기분이 좋았다.

유사는 냉국수를 먹다가 졸린 듯했다. 다 먹은 뒤 나는 유사 얼굴과 손을 닦아 주고 다다미방으로 데리고 갔다.

다다미 위에 어질러진 물건을 적당히 밀어 놓고 낮잠용 이불을 폈다. 유사는 혼자 그 위에 누워서 곧바로 잠들었다. 옆에 있던 커다란 수건으로 배를 덮어 주고 부엌으로 갔다.

"고마워."

엄마가 컵에 묻은 물기를 닦아서 찬장에 넣고 있었다. 식기 건조대가 비어 있다. 에이, 다 치울 데가 있잖아. 텅 빈 식기 건조대는 처음 본 듯했다.

"지사, 체리 먹을래?"

"네, 먹어요."

엄마는 냉장고에서 플라스틱 용기에 든 체리를 싱크대에 꺼내 놓았다.

"지난주에 사 놓고 까맣게 잊고 있었어. 아까 생강 튜브 꺼닐 때 봤는데 많이 물렀더라."

엄마는 체리를 씻으면서 먹을 만한 것을 골라 유리그릇에
담았다.

"무른 걸 골라내니까 이거밖에 안 남았네. 우리 둘이 먹자.
유사한테는 비밀이야."

"좋아요."

식탁에 앉아서 엄마와 같이 체리를 먹었다.

"생각보다 달고 맛있어요."

"응, 잘 익었으니까."

유사한테 비밀로 하고 둘이서만 체리를 먹었다. 대단한 일
은 아니지만, 왠지 조금 기뻤다.

"아빠는 아무것도 안 하는데 왜 엄마는 아무 말도 안 해요?"

"아무것도 안 하지는 않아. 빨래도 널어 주고, 쓰레기도 버
려 주고."

"하지만 밥하고, 설거지하는 건 전부 엄마 일이잖아요. 아
빠는 그냥 앉아서 불평만 하고."

"엄마가 집 정리를 잘 못하잖아. 그래서 집이 이 모양이고.
좀 찔리거든."

엄마는 야단맞는 아이처럼 어깨를 움츠리며 말했다.

"엄마. 나는 엄마가 집안일하고 유사 키우고 직장 다니고,
다 잘하고 있다고 생각해요."

"그래?"

엄마는 입꼬리만 올리면서 쓸쓸하게 웃었다.

"저번에 내가 수영부에 들어갈까 했더니, 아빠가 절대 허락 못 한다고 소리 지른 적 있잖아요."

"응."

"그때 엄마가 시련이라고 생각하고 열심히 하라고 하셨죠?"

"응. 아빠 말씀대로 어딜 가든 싫은 사람은 있기 마련이니까. 하지만 수영부 하고 싶었으면 들어가면 좋았을 텐데."

그러니까, 엄마. 그런 말은 아빠 앞에서 해 주면 좋을 텐데.

"엄마도 하루하루가 시련이에요?"

"뭐?"

"시련은 싫거나 힘든 일을 참고 극복하는 거잖아요."

"응, 뭐, 그렇다고 할 수 있지."

"엄마는 매일매일 괴로워 보여요. 전혀 즐거워 보이지 않아요. 그래서 엄마는 매일 시련을 견디는 건가 싶어서요."

"하긴 인생은 시련이라고 하는 사람도 있으니까."

"뭘 위한 시련인데요?"

"인생을 더 풍요롭게 하기 위한 시련이 아닐까."

엄마는 잠시 생각한 뒤 대답했다.

그게 뭐야. 바보 같아.

인생이 풍요로워지기 전에 사고나 병으로 죽으면 인생은 힘들다 끝나는 거잖아. 난 풍요로운 인생 필요 없어. 시련 같은 거 없이 인생을 적당히 보내고 싶다고.

환경미화 위원회

황금연휴가 끝나고 바로 위원회가 열렸다.

"오늘 방과 후에 위원회마다 회의가 있으니까, 담당자는 반드시 참석하세요. 각 위원회 장소는 여기에 붙여 둘 테니까, 나중에 확인하도록 하고. 아, 모두 자기가 어느 위원회인지 다 기억하죠? 일단 각자 소속을 확인해 보도록."

야마다 선생님이 조례 시간에 말했다.

나는 이렇게 학생들을 존중하는 야마다 선생님의 말투가 마음에 들었다. 학생도 한 사람으로 대등하게 대해 주는 느낌이다.

야마다 선생님은 30대 후반쯤인 남자 선생님이었다. 결혼은 아직 안 했다. 대학을 졸업하고 한동안 고속도로 회사에 다녔는데 교사가 되고 싶은 미련 때문에 회사를 그만두었다고 했다. 직장을 그만둔다고 했을 때 부모님이 고속도로 회사는 안정되고 월급도 좋은데 그런다면서 강하게 말리셨다고 했다. 시간 강사로 몇 해를 근무하고 재작년에 교원 임용 고시에 합격해서 정식 교사가 되었다. 그렇다 보니 나이도 먹었는데 아직 밑바닥이라 출세는 기대 못 한다고 했다. 그건 장래가 밝지 않다는 뜻일 텐데도 야마다 선생님은 즐겁게 말했다.

"어라, 환경미화 위원회는 고바야시와 사토네요. 어떻게 해야 하나."

교실이 웅성거렸다.

사토는 어제 배가 아프다고 급식 전에 조퇴해서 오늘은 결석으로 이어졌다.

고바야시는 여전히 학교에 안 나온다. 쇼핑몰에서 봤을 때 건강해 보여서 어쩌면 연휴가 끝나면 학교에 올지도 모른다고 생각했다. 하지만 그런 일은 없었다.

제비뽑기로 환경미화 위원이 된 사토와 달리 고바야시는 남학생들 추천이었다. 추천 이유는 부모님이 하우스 클리닝 회사를 하기 때문이었다. 청소는 청소 전문가가 맡아야 한다는 의도 같았다. 고바야시는 별로 싫어하는 내색도 없이 축구 선수의 골 세리머니 같은 춤을 추면서 "오키도키, 나에게 맡겨라!" 하고 촐랑거렸다.

정말 전혀 등교 거부를 할 것 같지 않았는데.

"오늘 방과 후 두 친구를 대신해 환경미화 위원회에 갈 사람 있어요?"

야마다 선생님이 교실을 둘러봤다.

손을 드는 사람은 없었다.

모두 동아리나 학원, 각자 일정이 있을 것이다. 아니면 환경미화 위원회에서 평소에는 청소를 안 하는 데를 청소할까 봐 꺼려질 수도 있고. 하긴 귀찮은 일을 하고 싶은 사람은 없으니까.

"우리 반만 아무도 안 가면 안 되는데. 한 사람이라도, 누구 없어요?"

야마다 선생님이 다시 물었다. 정말 곤란한 모양이었다.

"네, 제가 갈게요."

내가 팔을 들었다. 반 친구들의 시선이 나에게 쏠렸다.

"고토가 가 줄래요? 고마워요."

손뼉 치며 칭찬하는 남학생도 있었다.

동아리를 빠질 수 있다는 생각에 손을 든 것뿐이었다. 특별히 칭찬받을 일을 한 건 아니지만 기분이 나쁘지는 않았다.

"그럼 고토. 방과 후 북관 시청각실로 가 보세요."

나는 고개를 끄덕였다.

종례 후 나는 시청각실을 향해 뛰었다. 야마다 선생님은 좋은 선생님이지만 이야기가 한없이 길다.

숨을 헐떡이면서 시청각실에 도착했다. 이미 위원회가 시작됐다. 칠판 앞에서 위원장으로 보이는 3학년 남학생이 뭔가를 설명하고 있었다.

나는 뒷문으로 살며시 들어갔다. 칠판 옆쪽에 앉아 있던 선생님이 말없이 칠판에 적힌 좌석을 가리켰다.

창 쪽이 3학년, 복도 쪽이 1학년이었다. 앞에서부터 1반, 2반 순이었다. 나는 1학년 6반이라서 복도 쪽 맨 뒤에 앉았다.

"그럼, 다음. 7월 첫 번째 월요일부터 환경미화 경연대회를 포함해서 환경미화 주간입니다. 포스터를 반마다 한 장씩 그려서 다음 환경미화 위원 활동이 있는 날, 그러니까, 중간고사 마지막 날이요. 그날까지 저나 사사키 선생님한테 내주세요."

그리고 위원장은 환경미화 주간이 뭔지 설명한 뒤, 참고로 작년 포스터를 보여 줬다.

빗자루와 쓰레받기 그림에 '환경미화 주간에는 환경미화 습관을'이라고 쓰여 있는 것, 아무것도 없는 교실 그림에 '어느 교실이 가장 아름다운가? 그것을 다툰다' 같은 문구가 들어간 포스터 몇 장이었다.

"잘 그렸는데?"

"저거면 되지 않아?"

"저걸로 계속 쓰면 안 되나?"

3학년 남학생 몇이 말했다.

"환경미화 주간 날짜가 달라서 올해는 못 씁니다."

위원장의 말에 모두 "그건 그렇네" 하고 수긍했다.

위원장이 마지막 한 장을 펼쳤다.

여학생이 눈을 감고 마주 잡은 두 손을 가슴 앞에서 들고 있었다. 그 그림에는 '아름다운 곳에는 아름다운 마음이 깃든다'는 문구가 적혀 있었다.

왠지 절에 붙어 있을 법한 포스터다. 절은 항상 깨끗하고, 스님들도 등을 쭉 펴고 있으니까.

"아름다운 곳에는 아름다운 마음이 깃든다."

표어를 읽으면서 그 반대도 가능하다는 생각이 들었다.

'아름답지 않은 곳에는 아름답지 않은 마음이 깃든다.'

그렇구나. 그래서 내 마음은 아름답지 않은 거야.

위원장 설명이 끝났다. 이제 3학년 1반부터 차례로 위원장에게 도화지를 받아서 그대로 반으로 돌아가면 된다.

2학년 5반이 도화지를 받고, 마침내 1학년 차례가 되었다.

1반 학생 두 명이 자리에서 일어났다.

"앗."

둘 가운데 한 명이 아냐였다.

아냐는 도화지를 받아서 곧장 시청각실을 나갔다. 나는 교실 뒷문을 통해 복도로 나가는 아냐를 눈으로 따라갔다. 아냐는 나를 알아채지 못했다. 어쩌면 그냥 못 본 척했을 수도 있다. 네가 화장실을 안 빌려줘서 내가 선배한테 야단맞았어, 하고 화가 나 있을지도.

어떡하지. 사과하고 싶은데 뭐라고 하지?

"화장실 안 빌려줘서 미안해"라고 해야 하나?

이렇게 사과할 거면 그때 빌려주지 그랬어, 할 것 같았다.

편의점까지 같이 가는 건데. 내가 왜 그러지 않았을까.

"거기, 1학년 6반."

"아, 네."

아냐 생각을 하는 동안 어느새 내 차례였다.

1학년은 6반까지 있어서 시청각실에는 나하고 선생님 그리고 위원장뿐이었다.

"어라, 혼자 왔니?"

"네, 오늘은 환경미화 위원이 둘 다 결석이라서 제가 혼자 대신 왔어요."

"그렇구나. 그런 일도 있네. 매달 말에 물비누 보충하는 일을 반별로 나눌 게 아니라, 두 반이 한 곳을 담당하게 할 걸 그랬어."

사사키 선생님이 위원장에게 말하는 건지, 혼잣말인지 애매하게 말했다.

아냐가 가 버리면 어쩌나 마음이 급했다.

"걱정하지 마세요. 또 환경미화 위원이 둘 다 결석해도 제가 다른 사람 한 명 더 데리고 올게요. 빨리 도화지 주세요."

내가 급하게 재촉하자, 선생님도 위원장도 조금 흠칫했다.

"아, 그래. 그럼 잘 부탁한다."

"자, 여기."

위원장이 도화지를 줬다.

"감사합니다."

서둘러 복도로 나갔다.

아냐가 어디로 갔지. 다시 교실로 갔나, 승강기 쪽으로 갔나? 아니면 동아리에? 무슨 동아리인지 모르잖아.

가방을 안 들고 있었던 것 같아. 그렇다면 교실이야. 우선 본관 건물로 돌아가자.

뛰어가다가 본관과 북관을 연결하는 구름다리에서 아냐를 발견했다. 1반의 다른 환경미화 위원 남학생과 이야기 나누고 있었다.

"아냐!"

큰 소리로 이름을 불렀다. 부르고 나니 무시당하면 어쩌지, 하는 불안감이 갑자기 밀려들었다.

아냐가 돌아봤다.

심장이 멎을 듯했다.

아냐는 나를 보자 빙긋 웃었다. 웃는 얼굴을 보니 마음이 놓였다. 휴 한숨을 내쉬었다. 아냐가 웃기 전까지 나는 숨을 멈추고 있었던 것 같다.

"그럼, 부탁해. 땡큐!"

"응, 잘 가."

남학생은 아냐에게 도화지를 주고는 그대로 본관으로 걸어갔다.

"네가 환경미화 주간 포스터 그려?"

"응. 너도 환경미화 위원이야? 몰랐어."

아냐는 내가 들고 있는 도화지를 보더니 물었다.

"늦게 갔어. 근데 환경미화 위원은 아니야. 우리 반 환경미화 위원이 둘 다 오늘 결석이라서 오늘만 대신 왔어."

"아, 그렇구나."

"아냐, 집에 가? 같이 가자."

"그래. 근데 동아리엔 안 가?"

"어? 아, 맞다."

지금이 몇 시인지 모르겠지만, 환경미화 위원회에 가서는 도화지만 받고 나왔다. 시간이 별로 안 지났을 것이다. 동아리가 끝나려면 아직 멀었다. 아냐한테 진심으로 사과하고 싶은데 오늘은 어려우려나.

아냐가 내 생각을 알고 있는 것처럼 물었다.

"지사짱, 토요일에 우리 집 올래?"

"어?"

"같이 환경미화 주간 포스터 그리자."

"아, 응."

사실 나는 환경미화 위원이 아니었다. 포스터는 고바야시가 그려야 했다. 하지만 아냐 집에 가고 싶어서 포스터를 그리기로 했다.

　아냐는 나한테 화가 나 있지 않았다. 그 사실만으로도 돌덩이가 치워진 듯 무거웠던 마음이 가벼워졌다. 그런데 집에 초대까지 해 주다니. 등에 날개가 솟아서 날아갈 듯했다.

아냐 집과 고양이

토요일. 오전에는 동아리에 가야 해서 아냐네 집은 오후에 갔다.

하늘은 활짝 개어 맑고 바람은 상쾌했다. 논에 고인 물이 햇볕에 반짝였다.

집이 신사 근처에 있는 주택이라는 것만 알 뿐, 어딘지 정확히는 몰랐다. 아냐가 도로까지 마중 나오기로 했다.

자전거를 타고 편의점 옆 좁은 길에서 도로로 나서자, 아냐가 보였다.

"지사짱!"

아냐도 나를 보고는 반갑게 팔을 흔들었다.

사복 입고 만나는 건 처음이었다. 아주 귀여웠다. 분홍색 꽃무늬 원피스에 옅은 청색 뮬 운동화를 신었다. 하늘거리는 원피스가 아냐 분위기와 아주 잘 어울렸다.

　나는 빨간 티셔츠에 청바지를 입고 있었다. 신발은 학교에서 정해 준 하얀색 운동화다. 조금 더 멋 내지 않은 걸 후회했다. 하다못해 그 쇼핑몰에서 본 빨간색과 검정색이 들어간 운동화를 신었다면 좀 나았을지도 모른다.

　아냐네 집은 도로에서 가장 안쪽에 있었다. 자동차 두 대를 세로로 주차할 정도로 좁고 긴 주차장에 테라코타 화분이 줄지어 있었다. 보라색과 노란색 꽃이 피어 있다. 그 안쪽으로 크림색 벽의 2층 주택이 있었다.

　"들어와."

　아냐가 문을 열었다. 달콤한 향기가 두둥실 퍼졌다.

　"맛있는 냄새가 나."

　"엄마가 케이크 굽고 계셔."

　"와."

　집에서 케이크를 굽는구나. 케이크는 사 먹는 것인 줄로만 알았다.

　현관문 둘레가 투명한 유리라서 아주 밝았다. 흰색 신발장 위에는 검은 고양이 철제 장식물이 있고, 자동차와 집 열쇠가 그 고양이 귀와 꼬리에 걸려 있었다. 그 옆 노란색 화분에는 빨간색과 하얀색 반점이 있는 꽃이 피어 있었다.

　현관 복도는 곧장 거실로 이어졌다. 복도와 거실 사이의 문은 환기 때문인지 열려 있었다. 거실 창문으로 뒷마당도 보였다.

만약 우리 집 구조가 이랬으면 저 문을 열어 놓는 일은 없을 텐데.

"예쁘다."

"응. 제라늄이야."

꽃이 아니라 집을 보고 한 말이었는데, 아무렴 어때.

"자, 들어가."

"응."

복도 벽에는 그림이 걸려 있었다. 외국 시골에나 있을 법한 귀여운 집이 그려져 있었다. 파란 하늘 부분에는 'HOME SWEET HOME'이라고 쓰여 있다.

"어서 와라."

부엌에서 아냐 엄마가 고개를 내밀었다.

"안녕하세요."

"지금 케이크 굽고 있거든. 이따가 홍차랑 줄게. 조금만 기다려."

"네."

"그 전에 오렌지 주스라도 마실래?"

"아뇨, 홍차와 케이크면 충분해요. 고맙습니다."

내가 꾸벅 고개를 숙여 인사했다. 아냐 엄마는 웃고 있었다.

아냐 엄마는 아냐와 많이 닮았다. 특히 늘 웃는 듯한 가느다란 눈매가 비슷했다. 살도 안 쪘는데 얼굴선이 통통해서 칠복신 중 대흑천이 떠올랐다. 보고만 있어도 행복해질 듯싶었다.

"여기서 그리자."

아냐는 부엌 옆에 있는 식탁을 가리켰다. 필통과 도화지를 식탁 위에 내려놓고, 창가 자리에 앉았다. 나는 아냐 맞은편 의자에 앉아 가방에서 필통과 도화지를 꺼냈다.

"근데, 뭐 그릴 거야?"

"환경미화 주간 포스터지."

"그건 아는데."

아냐의 너무 싱거운 대답에 그만 웃음이 났다.

"포스터 뭐 그릴지 생각했어?"

"난 재활용 상자를 그리려고. 그리고 '올바른 분리배출, 재활용'이라고 쓸까 해. 그리고 환경미화 주간이 언제인지 쓰면 되겠지?"

"환경미화 주간이 언제였지?"

"7월 첫 번째 월요일부터 일주일."

아냐는 부엌 조리대 위에 있던 탁상 달력을 넘기면서 날짜를 확인했다. 달력도 외국의 집과 정원 그림이었다. 아냐 엄마 취향일까.

아냐는 날짜를 확인한 뒤 도화지에 연필로 쓱싹쓱싹 밑그림을 그렸다.

"너, 동아리 뭐 들었어?"

"미술부."

"그랬구나."

아냐는 묵묵히 연필을 놀렸다.

"저기 있잖아, 미안해."

아냐가 그리던 손을 멈추고 의아한 얼굴로 나를 보았다.

"뭐가?"

"나 때문에 소프트볼 동아리 못 들어온 거 아니야?"

"어? 왜?"

"편의점에서 소프트볼 동아리 선배한테 혼났다고 들었어. 나 때문인 거 같아."

"혼난 거 아니야. 선배들이 셋이라서 좀 무섭긴 했지만, 그냥 하굣길에 편의점에 들르면 안 된다고 주의받은 게 다야."

"우리 집 화장실은 못 빌려줬지만, 편의점까지는 같이 갈 수 있었는데…. 너 혼자 가게 해서 나한테 서운했을 거 같았어. 미안해."

"아이참, 전혀 그런 생각 안 했어. 근데 이거 어때?"

아냐는 연필로 그린 재활용 상자 그림을 보여 줬다.

"와, 벌써 그렸어? 대박 잘 그렸어."

"상자만 그린 건데. 네가 훨씬 잘 그리잖아."

나는 아직 아무것도 안 그렸는데? 아냐가 이상한 소리를 했다.

"내 그림 본 적 없잖아."

"있어. 나, 네가 그린 그림 보고 이거 그린 애랑 얘기해 보고 싶다고 생각했는데."

"어떤 그림?"

"6학년 봄에 도서관 그리기 대회 같은 거 있었잖아."

"아, 맞다. 그런 게 있었지."

유사가 참가상으로 주는 시 마스코트처럼 생긴 지우개를 갖고 싶어 해서 유사와 같이 참가했다.

"그때 너, 동상 받았잖아."

"어떻게 알았어?"

"그때 내가 금상 받았거든."

"정말? 그럼 네가 더 잘 그리네."

"아니야. 도서관을 그리는 건데 도화지 가득 벚꽃이 있고, 도서관은 오른쪽 밑에 조그맣게 그렸잖아. 그게 만약 벚꽃을 그리는 거였으면 분명 네가 금상이었을 거야."

"맞다, 기억나. 그 건물, 오래되고 네모난 콘크리트 건물이었잖아. 그런 거 그리고 싶지 않았어. 더 오래된 절이나 건물, 세련된 서양식 건물이었으면 또 모르지만. 그리고 싶은 걸 그리고 싶잖아. 그땐 벚꽃이 정말 예뻤어. 그걸 그려야겠다 싶더라고."

"그랬구나."

"뭐가?"

"왜 도서관 그리라는데 벚꽃을 그렸을까? 이상했거든. 어떤 애인지 무척 궁금했어. 그래서 이름을 기억해 뒀던 거고."

"그렇구나."

그러고 보니 그 그림 어디 됐더라. 엄마가 다 모아 두니까 집 어딘가에 있을 텐데.

"근데 유리가 소프트볼 동아리에 고토 지사라는 애가 있다고 해서, 거기 체험하러 갔던 거야."

유리가 말했다면, 뭐, 무섭다. 성격 나쁘다, 그런 소리나 했겠지.

"미안해. 그렇게 생각해 줬는데 난 화장실도 안 빌려주는 못된 애라서."

"하하하. 화장실은 괜찮다니까. 나도 갑자기 누가 우리 집 화장실 좀 쓰자고 하면 곤란할 거 같아."

"어? 집이 이렇게 깨끗한데 왜 곤란해?"

"오늘은 오전에 하우스 클리닝에서 청소해 주고 갔어."

"전문가한테 맡겼다고? 와, 부자구나."

"부자는 아니야. 엄마 친구분이 하시는 회사라서 좀 싸게 하나 봐. 고바야시 진이라고 알아?"

"알아. 우리 반이야."

"걔네 엄마 회사야."

"아, 그러고 보면 걔네 집, 하우스 클리닝 한다고 들었어. 근데 아빠가 아니라 엄마가 사장님이야?"

"응. 아빠는 돌아가셨어."

"어?"

정말 깜짝 놀랐다. 고바야시는 좀 촐랑거리는 느낌이라서 아빠가 안 계실 줄은 전혀 생각 못 했다.

"아저씨가 돌아가시고 나서 아줌마가 혼자 회사 시작하셨어. 처음에는 많이 힘이 들어서 우리 엄마도 청소 일을 좀 도우셨고."

"음, 그렇구나."

"역시 전문가는 다르더라. 너네도 한번 맡겨 보지."

전문가한테 맡기면 우리 집도 깨끗해질까. 아마 우리는 안될 거야. 청소보다 정리가 먼저라서. 에이, 청소 얘기는 이제 됐고. 딴 얘기 하자.

"근데 왜 미술부야? 운동부 한다고 안 했어?"

"걸어서 학교 다니는 것만으로도 힘든데, 운동부는 아침에 연습이 있잖아. 난 아침에 잘 못 일어나서 분명 날마다 지각했을 거야."

아냐는 느긋하구나. 시련 같은 거 안 겪어도 아냐 인생은 충분히 풍요로울 것 같았다.

삐삐. 오븐이 울렸다.

"케이크, 다 됐나 봐."

두 사람은 조리대 너머 부엌 쪽을 돌아다봤다.

아냐 엄마가 오븐을 열고 스펀지케이크 틀을 꺼냈다. 김이 모락모락 올라오는 케이크는 처음 봤다. 노릇노릇 잘 구워진 듯했다. 엷은 갈색이라고나 할까.

"스펀지케이크는 원래 식혀서 생크림을 바르고 딸기 같은 걸 얹잖아."

"응. 쇼트케이크 말이지."

"근데 난 막 구워 푹신푹신한 걸 좋아해서 뜨거운 스펀지에 생크림을 얹어 먹어."

"생크림 안 녹아?"

"녹아. 줄줄 흘러. 그래도 스펀지에 크림이 스며드는 느낌이좋아. 집에서 케이크를 구웠을 때만 맛볼 수 있는 행복이야."

아냐 엄마는 "앗 뜨거" 하면서 틀을 뒤집어 스펀지케이크를 꺼내 케이크에 붙은 종이를 휙 벗겼다.

"그거 줘."

아냐가 조리대 위로 팔을 내밀었다.

"엥? 손님 앞인데 종이에 붙은 거 먹으려고? 참아."

아냐 엄마가 웃으면서 말했다. 아냐는 어깨를 움츠리며 순순히 팔을 거두었다.

아냐 엄마가 스펀지케이크를 잘랐다. 칼에 닿은 부분이 쏙 들어갔다.

"막 구운 건 부드러워서 잘 안 잘리거든."

그러면서도 아냐 엄마는 그럭저럭 스펀지케이크를 잘 잘랐다. 자른 부분에서 또 김이 몽실 피어올랐다.

"자, 손 씻고. 식탁 좀 치워 줄래?"

아냐 엄마가 넋을 잃고 케이크를 바라보는 우리 둘에게 말했다.

"응."

"네."

아냐와 부엌에 가서 손을 씻었다.

조리대 위에는 금방 구운 스펀지케이크와 칼과 도마 그리고 행주만 놓여 있었다. 개수대 안도 텅 비었다. 식기 건조대와 설거지통도 없는데 어떻게 설거지를 할까. 우리 집하고 부엌 크기도 비슷해 보였다. 그런데 물건이 없어서 더 넓어 보였다. 가스레인지에도 빨간 주전자만 불에 올려져 있을 뿐이었다.

아냐는 행주를 들고 식탁을 닦았다.

아냐 엄마는 꽃무늬 접시를 두 개 꺼내서 방금 자른 스펀지케이크를 담았다. 그리고 미리 준비해 둔 휘핑크림과 라즈베리를 냉장고에서 꺼내 스펀지케이크를 장식했다. 스펀지케이크에 닿은 휘핑크림이 녹는 모양이 재미있었다. 이게 끝인 줄 알았는데 아니었다. 아냐 엄마는 조리대 구석에 놓인 허브 통에서 잎을 한 장 찢어 올렸다.

"자, 먹어 봐."

"대박, 정말 예뻐요."

"그래?"

"네, 잡지에 실어도 될 것 같아요."

"어머, 그렇게까지? 기분 좋네."

아냐 엄마는 예의상 하는 말이라고 생각하는 듯했다. 집에서 이렇게 근사한 케이크를 만들 수 있다는 건 정말 굉장한 일이다.

아냐가 행주를 가져다 놓으러 부엌으로 왔다.

"잘 먹을게요. 엄마."

"잘 먹겠습니다."

나와 아냐는 케이크를 담은 접시를 하나씩 들고 식탁으로 갔다.

"이거 무슨 잎이야?"

"민트."

"아, 민트가 이렇게 생겼구나."

뜨끈뜨끈한 스펀지케이크에 휘핑크림을 찍어서 먹었다.

"폭신폭신해. 대박 맛있어!"

"입에 맞아서 다행이구나."

아냐 엄마가 부엌에서 웃는 얼굴로 우리를 보고 있었다.

"라즈베리랑 같이 먹어 봐."

아냐 말에 이번에는 스펀지케이크에 크림과 라즈베리를 얹어서 먹었다.

"와, 정말. 대박 맛있어. 단맛과 산미가 적당히 잘 어우러지는 것 같아."

"뭐야. 음식 평가단 같아."

아냐는 낄낄거렸다.

"그게 아니라, 너무 맛있잖아. 너네 엄마, 이런 걸 만드시다니. 대단하셔."

"케이크 만드는 거 별로 안 어려워. 달걀흰자만 거품 잘 내면 나머지는 재료 섞어서 구우면 돼. 나도 가끔 같이 만들어. 너도 집에서 해 봐."

"우리 집에서는 못 해."

유사도 있고, 그런 부엌에서 케이크를 구우면 엄마는 히스테리를 일으켜 난리가 날 것이다.

"왜?"

"아무튼."

"그래? 그럼 하는 수 없지."

"어?"

"뭐가 '어?'야?"

"'왜 못 해?' '왜 안 해?'라고 안 물어보잖아."

"이유가 뭐든 못 하는 건 못 하는 거고. 그럼 하는 수 없잖아."

"아, 음, 그러네."

아냐의 이런 점, 정말 맘에 들어.

"미안. 홍차가 늦었지?"

아냐 엄마가 홍차를 가지고 왔다. 접시와 같은 꽃무늬 세트다.

"고맙습니다. 잘 먹겠습니다."

내가 홍차를 마시려는데 옆에 있던 의자 위로 뭔가가 폴짝 올라왔다.

"앗."

고양이였다.

아냐 옆 의자에도 검은 고양이 한 마리가 뛰어 올라왔다.

"깜짝이야. 고양이 키워?"

"고양이 좋아한댔잖아."

"응. 근데 좋아만 하지, 키우는 줄은 몰랐어."

"그래. 이 까만 애가 노브, 그쪽 갈색 애가 차이."

"노브와 차이? 이름이 재밌어."

"응. 노브는 어렸을 때 둥글게 말고 자는 모습이 문손잡이 같아서 노브고, 차이는 차이 티 색과 비슷해서 차이."

"얘네도 케이크 먹어?"

"케이크는 안 먹는데, 얘기하는데 끼고 싶은 게 아닐까?"

고양이와 함께하는 다과 시간이네. 《이상한 나라의 앨리스》 같아. 거기 다과 시간에는 고양이는 없었나?

"만져 봐."

내가 고양이에게 관심을 보이자, 아냐가 말했다.

하지만 나는 동물을 키워 본 적이 없었다. 어떻게 만져야 하는지 몰라서 주저주저했다.

"귀 뒤나 콧잔등을 쓰다듬으면 좋아해."

불현듯 어릴 때 기억이 떠올랐다. 길고양이한테 쿠키를 주려다가 그 길고양이가 덤벼들며 할퀸 적이 있었다.

이 고양이는 괜찮을까.

조심조심 머리 위에 손을 얹었다. 보들보들했다. 차이가 턱을 내밀며 눈을 가늘게 떴다.

"대박. 정말 갸르릉거리네."

"응. 기분 좋으면 그래."

"몇 살이야?"

"두 마리 다 세 살쯤 됐을 거야. 유기묘라서 정확히는 몰라."

"응."

머리부터 등을 따라 쓰다듬었다. 따뜻하고 폭신폭신했다. 얼굴을 가까이 가져갔다. 햇볕에 널어 놓은 이불 같은 좋은 냄새가 났다.

"귀여워."

"응. 저기, 이제 슬슬 포스터 그리자. 이러다 오늘 못 끝내겠어."

"아, 맞다. 완전히 잊고 있었어."

그냥 이대로 케이크 먹고 홍차 마시면서 고양이하고 놀고 싶었다.

"그리기 싫어졌어. 네 아이디어, 나도 따라 하면 안 될까?"

"엥? 너랑 같이 그린다고 기대했는데."

"케이크랑 차, 맛있게 잘 먹었으니까, 제대로 그려야 되는 거겠지?"

"당연하지."

그림을 그리면서도 쇼핑몰에서 본 운동화, 요즘 읽은 만화 얘기, 두서없이 수다를 떨었다.

"일단 밑그림은 다 그렸어."

"보여 줘."

"여기."

교실 바닥을 걸레로 열심히 닦는 남학생을 그리고, '얼마나 깨끗이 닦을 수 있을까, 그 한계에 도전하다' 하는 문구를 썼다. 문구는 좀 과장된 듯했지만, 그림은 제법 잘 그렸다는 생각이 들었다.

"대박. 역시 그림 좋아. 왠지 영화 포스터 같아."

"과장이 심한가?"

"아니. 그게, 대박 좋아."

둘은 까르르 웃었다.

문득 시계가 눈에 띄었다. 벌써 5시. 시간이 정말 빨리 흘렀다.

"나, 갈게. 오늘 고마워. 즐거웠어."

"나도 즐거웠어."

남은 홍차를 마저 마시고 찻잔을 부엌에 갖다 놓으려 하자,

"그냥 둬. 내가 할게." 하며 아냐가 나를 말렸다.

"그래?"

저렇게 깨끗한 부엌이라면 찻잔 씻는 것쯤 아무것도 아닌데.

찻잔을 테이블 위에 도로 내려놓고 짐을 챙겼다.

"케이크, 정말 맛있었어요. 잘 먹었습니다."

"또 와라."

"네, 안녕히 계세요."

아냐 엄마는 내내 웃음 띤 얼굴이다.

복도에 있는 'HOME SWEET HOME' 그림 앞을 지나 현관으로 갔다.

아냐 집과 그림 속 집은 모양이 전혀 다르지만, 분위기는 비슷했다. 따뜻하고 보드라워서 정말 '스위트 홈'이다.

현관까지 노브와 차이가 따라왔다.

"부럽다. 정말 귀여워. 한 마리 데려가도 돼?"

신발을 신고 아냐를 보며 물었다.

"우리 애들은 안 되고 보호소에 물어봐. 거긴 항상 입양해 줄 사람 찾고 있으니까."

"아, 그렇구나. 엄마한테 물어봐야겠다. 갈게, 고마워."

"응, 조심히 가. 안뇽 안뇽."

논 바람을 맞으면서 자전거 페달을 밟았다. 행복했다. 그런데 그 행복한 기분은 집 현관문을 여는 순간 한숨과 함께 사라졌다.

낡고 촌스러운 목제 신발장. 그 위에는 예전에 아빠가 선물이라며 사 온 이상한 목각 인형이 먼지를 뒤집어쓰고 있었다. 그리고 그 옆에 대충 접어 놓은 지역신문, 유사의 노란색 어린이집 모자, 골프용품, 옷걸이, 항아리…. 이런 것들이 채광창을 막고 있어서 현관은 매우 어둡다.

늘 보던 익숙한 현관이었지만, 방금 깔끔한 아냐 집을 보고 와서 그 차이가 너무 크게 느껴져서 괴로웠다.

결국, 엄마는 황금연휴 동안에 집을 정리하지 못했다.

거실은 어느 정도 정리된 듯했는데, 하루도 안 돼서 다시 예전으로 돌아갔다. 현관에 있던 안 신는 신발들은 버렸지만 아빠 골프용품까지 버릴 수는 없었다. 여전히 물건이 넘쳐났다. 부엌에 손도 대기 전에 연휴가 끝났다.

엄마는 이제 정리를 포기했는지도 모르겠다. 그 뒤로 정리하는 모습을 못 봤다.

좁은 복도를 빠져나가 거실로 갔다.

"다녀왔습니다."

"어서 와. 재밌었니?"

엄마는 부엌에서 쌀을 씻고 있었다.

"재밌었어요. 아냐 집에 고양이를 키우는데, 정말 귀여웠어요."

"어머, 그래? 다행이네."

"우리도 고양이 키워요."

"이렇게 어질러진 집에서 어떻게 고양이를 키워. 고양이만 불쌍하지."

엄마는 골난 얼굴로 밥솥에 쌀을 담으면서 말했다.

이렇게 어질러진 집에서 키우면 고양이는 불쌍하구나. 그럼, 사람은? 나는 안 불쌍하고?

그런 생각을 하면서 2층 내 방으로 올라갔다.

방 안을 둘러봤다.

휴지통 주변에 어질러진 쓰레기, 벗어 놓은 옷가지, 읽다가 놔둔 만화책…. 여기저기 널린 물건들 때문에 바닥이 안 보일 정도였다. 책상 위는 층층이 쌓인 유인물과 교과서, 필기도구가 어지러이 흩어져 있었다. 물론 이 책상에서 공부한 적은 없다.

내 방도 아주 너저분했다.

'아름다운 곳에 아름다운 마음이 깃든다.'

환경미화 주간 포스터가 떠올랐다.

아냐 집은 정말 깨끗했다. 공기도 맑고 가벼웠다. 아냐와 아냐 엄마 모두 밝게 웃고 있어서 집 분위기가 더 좋았다.

우선 이 방부터 치워 보자. 그러면 나도 아냐처럼 조금은 밝게 웃을 수 있지 않을까? 짜증 나거나 울컥 화가 치밀지 않고 "그럼 하는 수 없고" 하며 여유롭게 대답할 수 있지 않을까.

당장 청소를 시작하고 싶었다.

입학 축하 선물로 할머니가 사 준 노트북 전원이 켜지는 사이에 1층으로 가서 쓰레기봉투를 가져왔다. 유튜브에서 신나는 J팝을 틀었다. 의욕이 마구 샘솟았다.

먼저 휴지통 주변에 나뒹구는 쓰레기부터 쓰레기봉투에 넣었다. 먹고 남은 과자 봉지, 손 닦고 휙 던졌지만, 휴지통에 안 들어간 휴지…. 두 걸음만 가면 휴지통이 있는데.

다음은 옷이다. 바닥에 널브러진 옷들을 옷장에 넣을 것과 세탁할 것으로 분류했다. 하는 김에 옷장 안에 든 것도 침대 위에 전부 꺼냈다. 작거나 색 바랜 옷은 물론, 입었을 때 불편하거나 디자인이 마음에 안 들어 잘 안 입는 옷도 전부 버리기로 했다. 안 입을 옷은 전부 쓰레기봉투에 넣고, 세탁할 옷은 1층으로 가지고 내려갔다. 옷이 줄자 그동안 안 닫히던 옷장 서랍이 제대로 닫혔다.

만화책을 정리해서 꽂으려는데, 책장은 복습하겠다고 놔뒀던 6학년 교과서와 문제집이 차지하고 있었다. 내가 언제부터 복습했다고? 모두 꺼내서 1층에 종이 쓰레기 모으는 곳으로 가져갔다. 그러자 책장에 여유가 생겨서 만화책을 정리할 수 있었다.

마침내 방바닥이 보이기 시작했다. 이번에는 책상 서랍 물건을 모두 바닥에 끄집어냈다. 초등학교 3학년쯤에 유행했던 향기 나는 지우개와 음식 모양 지우개가 수도 없이 나왔다. 잉크가 안 나오는 펜, 색종이, 스티커, 스탬프, 미술 시간에 만들었던 지점토 장식물, 4학년 담임 기다 선생님이 그린 내 얼굴, 5학년 때 전학 간 기에가 준 편지…. 온갖 잡동사니

들이 쏟아져 나왔다. 잠시 그때 일을 떠올리며 추억에 잠겼다. 그림과 편지는 보관하고, 색종이와 지우개는 유사에게 주기로 했다. 나머지는 전부 쓰레기봉투에 버렸다.

책상 위에 쌓여 있던 유인물은 빈 책상 서랍에 넣었다. 내일은 바인더 같은 걸 사야지.

1층과 2층을 오르락내리락하자, 엄마가 뭐 하냐고 물었다.

"청소. 엄마, 책상 위하고 방바닥을 닦고 싶은데 걸레 있어요?"

"있지, 잠깐만."

엄마는 저녁 준비를 하다가 다다미방으로 갔다.

"죄송해요. 식사 준비하는데."

"괜찮아. 모처럼 청소할 마음이 생겼다는데."

엄마가 벽장 문을 열자, 방석 이불 선풍기 여행 가방 재봉틀 종이봉투 골판지 상자 조립 가구…. 온갖 물건들이 꽉꽉 들어차 있었다.

골판지 상자를 꺼내니, 낡은 수건과 천 조각이 잔뜩 들어 있었다.

"이런 걸 왜 놔뒀어요?"

"이럴 때 쓰려고."

물론 학교에 걸레를 가져가야 할 때도 있고, 운동복 무릎이 찢어지면 필요할 수 있다. 아무리 그래도 이렇게나 많이 필요할까 싶다.

하지만 지금은 이 상자에서 낡은 수건을 꺼내고 있으니, 입 다물고 가만히 있어야 한다.

"고마워요."

"쓰고 버려."

"네."

낡은 수건과 청소기를 가지고 2층으로 갔다.

가구를 이리저리 옮겨 가며 청소기를 돌렸다. 책장 뒤에서 잃어버린 줄 알았던 집 열쇠가 나왔다.

청소기를 돌린 뒤, 물걸레로 닦았다. 책상 위, 서랍 속, 책장, 침대 프레임, 시계, 조명, 닦을 수 있는 부분은 죄다 닦았다. 문과 손잡이도 전부 닦았다. 침대, 책상, 의자 모두 움직여서 바닥도 닦았다.

정신없이 닦았더니 땀이 배어 나왔다. 청소를 마치자, 마치 목욕하고 나온 듯 개운했다.

잡지나 드라마에 나오는 방처럼 세련되지는 않지만 정리한 방을 보니, 기쁘고 뿌듯했다.

이 베갯잇을 언제 빨았더라.

내일은 일찍 일어나서 베갯잇과 시트를 빨자. 하는 김에 이불도 널고.

우주 대전쟁

5월 마지막 주 수요일. 오늘은 중간고사 첫날이었다.

교실은 평소보다 시끄러웠다. 시험 전이라 긴장감이 돌았다.

사물함에 책가방을 넣으러 가는데, 미우와 몇몇 친구들이 수군거리며 같은 곳을 쳐다보고 있었다.

그들의 시선을 따라가 보니, 늘 비어 있던 창가 맨 뒷자리에 고바야시가 앉아 있었다. 오랜만인데도 전혀 어색해 보이지 않았다. 앞자리 남자아이들과 태연하게 이야기를 나누고 있었다.

미우와 친구들은 고바야시를 쳐다보며 계속 뒷담화를 하는 중이었다.

"시험 보러 왔나 봐."

"나 같으면 시험 보기 싫으니까 계속 등교 거부할 텐데."

"대개는 등교 거부하면 시험 때도 안 오지 않아?"

"언니가 그러는데 등교 거부하는 아이들은 보건실에서 시험 본다던데."

"그럼, 보건실로 가지. 신경 쓰여서 시험에 집중 못 할 거 같아."

"남 뒷담화 깔 시간 있으면 한 글자라도 더 보지. 참 여유도 많아. 난 그럴 여유 없어서 한자나 확인해야겠다."

내가 미우 뒤를 지나가며 말했다. 미우와 친구들이 홱 나를 돌아봤다. 그러더니 "쟤, 뭐라는 거야" 하면서 뿔뿔이 자기 자리로 갔다.

등교 거부하던 친구가 학교에 오면 "잘 왔어" 하고 반갑게 맞아 줘야지, "아무렇지 않나?" 하면서 험담이나 하고 있다니. 참 어이가 없다. 자기 걱정이나 하지.

미우와 그 친구들은 정말 심술궂다. 그런데 그 사물함 앞에 있던 무리에서 마오가 안 보이는 것 같았다.

어, 마오는 안 왔나?

혹시나 해서 자리를 돌아보니, 마오는 국어 교과서를 읽고 있었다.

벨 소리가 울리고, 야마다 선생님이 들어왔다.

조례 시간이었다. 야마다 선생님은 전달 사항을 이야기한 뒤 "지금 책 읽는다고 머리에 들어올 리가 없겠죠" 하면서도, 아침 독서 시간에 시험공부하게 해 주었다.

우주 대전쟁 93

다시 벨 소리가 울리고, 야마다 선생님은 반가운 얼굴로 고바야시를 보며 그래그래, 하고 고개를 끄덕이며 교실을 나갔다.

첫째 시간, 국어는 자신이 있어서 한자만 외우면 충분했다.

둘째 시간, 사회는 좋아하지는 않아도 시험 범위가 좁아서 교과서를 거의 통째로 외우면 됐다.

그럭저럭 봤(다고 생각하)고, 중간고사 첫날이 끝났다.

시험 날은 시험이 끝나면, 바로 급식, 청소, 종례 그리고 하교였다.

이번 주 급식 당번은 나였다. 급식 준비와 정리를 하다가 화장실 갈 시간을 놓쳤다. 화장실이 정말 급한데 종례가 좀처럼 끝나지 않았다.

"오후에는 내일 시험 볼 과목을 공부하세요. 어디 놀러 가면 안 됩니다."

아, 역시 야마다 선생님은 말이 너무 길다.

선생님, 화장실 다녀와도 돼요? 손을 들고 그렇게 물으려던 찰나 야마다 선생님 이야기가 드디어 끝났다.

"네, 차렷, 경례. 감사합니다."

인사를 하고 해산과 동시에 화장실로 뛰었다.

방금 야마다 선생님이 '놀러 나가지 마라'고 했던 말을 언제 들었냐는 듯 어떤 남학생이 뒤에서 "2시 반에 너네 집으로 갈게" 하며 놀 약속을 하는 목소리가 들렸다.

가벼운 마음으로 화장실에서 나왔다. 복도 창문 너머로 새파란 하늘이 보였다.

화장실로 뛰어갈 때는 전혀 몰랐다. 이렇게 맑은 5월 날씨. 이렇게 날씨가 좋은데 집에 틀어박혀 공부하고 싶은 마음이 생길 리 없다. 소풍이라도 가고 싶었다. 그런데 나랑 같이 소풍 갈 사람은 없다. 혼자서 소풍을 어떻게 가냐고.

불현듯 누군가 나를 쳐다보는 느낌이 들었다. 돌아보니 마오였다.

눈이 마주쳤다. 마오는 수줍게 웃었다.

"엇, 왜?"

절로 그런 말이 튀어나왔다.

"뭐가?"

마오의 물음에 또 혼란스러워졌다.

"왜 날 보고 웃었어?"

"어, 그게…. 저번에 멍하니 땅바닥 보고 있을 때와 같아서."

"아―."

"넌 왠지 멍때리기를 잘하는 것 같아."

"아, 뭐, 그런가?"

"그동안 너 피해서 미안해."

"아냐, 괜찮아. 처음부터 그렇게 친했던 것도 아니고."

"그때는 너랑 얘기한 뒤에 기분이 별로 안 좋아져서 얘기하고 싶지 않았어. 그게 다야. 딱히 널 무시하거나 심술부리

려던 건 아니고.”

“알았어.”

“근데, 미우 걔네 하는 게 점점 심해지는 거야. 네가 항상 말을 너무 함부로 한다고 다른 애들한테도 막 떠들고 다니고.”

“응, 알아.”

어쩌다 보니 마오와 같이 승강구 쪽으로 걷고 있었다.

“환경미화 위원이 둘 다 결석했을 때 네가 손 들고 가겠다고 했잖아. 그거 보고 미우랑 다른 애들한테 네가 원래 나쁜 애는 아닌 거 같다고 말했어.”

마오는 가방 손잡이 솔기 부분을 엄지손가락으로 문지르면서 계속 말했다.

“그랬더니 미우가 나한테 맞춰 주려고 너랑 얘기 안 했는데, 너는 어떻게 그렇게 마음이 쉽게 바뀌냐며…. 지금 나, 걔들한테 따당하고 있어.”

“네가 따당하는 게 나 때문이라는 거야?”

마오가 걸음을 멈추더니 깜짝 놀란 얼굴로 쳐다봤다.

“내가 언제?”

나도 안다, 알아. 아, 정말. 나는 왜 늘 이렇게 삐딱하게 말할까.

“미안. 나, 마음이 안 예뻐서 그래.”

“어?”

“더러운 집에 살아서 마음이 안 예뻐.”

"어? 응?"

"부모님이 두 분 다 학교 선생님이라서 성격 나쁘고 뭔가 뒤틀렸어."

"어?"

마오가 난감한 얼굴로 나를 봤다.

"그렇다고 해서 나, 다른 친구들한테 일부러 심술부리거나 곤란하게 하려는 건 아니야. 같이 웃으며 지내고 싶은데…. 내가 늘 다른 사람들 기분을 상하게 하는 뭐가 있어."

"으응."

"그런데, 고치고 싶어. 내가 또 함부로 말하는 거 같으면 네가 말해 줄래?"

"어?"

마오는 잠깐 생각에 잠겼다.

"그래."

방긋 웃으며 대답하더니 말을 이었다.

"네 마음이 안 예쁜 건 아닌 거 같아. 그냥 뭐랄까, 자기 마음을 전하는 방법을 잘 모르는 것 같아."

아, 그렇구나. 내 마음은 지저분한 우리 집 같다고 생각했는데 그렇게까지는 아니구나.

마오 말에 눈물이 났다.

"고마워."

눈물이 안 떨어지게 간신히 그 말만 했다.

"집에 가?"

신발장에서 신을 갈아 신는데 마오가 물었다.

"당연하지. 왜?"

"아니, 가방이 없어서."

"뭐?"

아차차. 가방도 안 들고 집에 가려 했다.

"교실에 있어!"

"와, 가방도 까먹어?"

마오가 웃어서 창피했지만, 아주 조금은 마음이 가벼워졌다.

"먼저 가. 내일 시험도 파이팅."

"응, 안녕."

나는 가방을 가지러 서둘러 교실로 돌아갔다.

아주 기분이 좋아서 승강구로 뛰어갔다. 어쩌면 콧노래를 부르고 있었는지도 모른다.

아무도 없다고 생각한 신발장 앞에 고바야시가 있어서 눈이 마주쳤다. 얼굴이 뜨거워졌다.

"고, 고바야시, 왜 아직 안 갔어?"

"담임이랑 얘기 좀 하느라고."

"아, 그래?"

어떡하지. 왠지 어색하다.

"저기, 아는지 모르겠는데, 난, 같은 반 고토 지사야."

왜 내가 자기소개를 하고 있지, 하는 생각도 들었지만 이미 엎질러진 물이었다.

"알아."

고바야시가 신발 끈을 묶으면서 귀찮다는 듯 대답했다.

"근데, 왜 학교 안 와?"

"상관 마. 너한테 피해 준 거 없잖아."

"피해 줬는데?"

"뭐?"

신발을 갈아 신은 고바야시가 승강구로 가려다가 멈추고 돌아봤다.

"너, 환경미화 위원인 거 기억해?"

"응."

"저번에 내가 너 대신에 위원회 참석하고, 환경미화대회 포스터도 그렸어."

"아, 그래? 고마워."

"어? 응."

그래서 어쩌라고? 같은 말이 돌아올 줄 알았다. 그런데 고바야시가 고맙다고 했다. 조금 맥 빠졌다.

고바야시는 그대로 "갈게" 하더니 발길을 돌렸다.

"잠깐만. 아직 안 끝났어."

"뭔데?"

고바야시는 못마땅한 표정으로 돌아봤다.

"환경미화 위원은 매달 마지막 목요일에 물비누를 보충하거나 청소도구가 망가진 건 없는지, 점검한대. 알아?"

"아, 그랬던 거 같기도 하고. 매달 마지막 목요일이면 내일
이잖아."

"응. 그래서 내일 시험 끝나고 환경미화 위원 일하고 집에
가라고."

"알았어. 근데 너 환경미화 위원 아니잖아. 네가 왜 그렇게
신경 쓰냐?"

"원래 아니었지. 사토라고 다른 환경미화 위원 기억나? 걔
가 입원해서 결국 내가 환경미화 위원이 됐거든."

"아, 그래? 그 자식, 허약해 보이긴 하더라."

"응, 그럼 내일 종례 끝나고 봐."

"알았어. 내일 보자."

그리고 고바야시는 승강구를 나가서 자전거 보관소 쪽으
로 갔다.

고바야시와 처음 얘기를 나눴는데 꽤 말하기 편한 녀석이
었다.

다음 날, 종례가 끝나고 아이들이 대부분 동아리 활동에
가고, 나는 환경미화 위원회로 갔다. 오늘 집합 장소는 북관
시청각실이 아니라 본관 1층 비품관리실 앞이다.

고바야시가 집에 가지 못하게 걔와 같이 가려고 했는데,
마오가 "시험 잘 봤어?" 하고 물으며 수다 떠는 사이에 고바

야시가 교실에서 없어졌다.

비품관리실 앞 복도는 환경미화 위원들로 붐볐다.

아냐와 고바야시, 둘 다 왔을까?

"자, 다 왔어? 먼저 포스터부터 걷고. 모두 여기 넣어."

사사키 선생님이 상자를 내려놓았다. 학생들이 둘둘 만 포스터를 그대로 상자에 넣었다. 나도 앞사람을 헤치며 상자에 포스터를 넣었다.

다음에 사사키 선생님은 담당할 장소와 물비누를 보충하는 방법 그리고 기록지에 보충 상황을 기록하는 방법을 설명했다.

"자, 3학년 1반부터 차례로 나와."

이제 물비누를 받을 차례였다.

1학년 6반은 마지막이기 때문에 멀찍이 물러나서 기다렸다. 뒤로 나왔더니 고바야시가 보였다.

"아, 있었구나."

"당연하지."

고바야시는 가슴을 펴며 말했다. 어째 좀 귀엽다.

우리 차례가 왔다.

"오늘은 둘 다 왔구나. 그래, 잘했다. 그럼 북관 3층 부탁한다."

그러면서 사사키 선생님은 물비누 통을 고바야시에게 건넸다.

북관으로 가는데 뿌우 하고 코끼리 우는 소리 같은 게 들렸다. 관악기 동아리에서 연습하는 소리 같았다. 트럼펫? 아니면 트롬본? 별로 잘하는 것 같지는 않다. 1학년인가?

북관은 시청각실과 음악실 같은 특별활동 교실이 있다. 그래서 일반 교실이 있는 곳과 비교하면 물비누가 많이 남아 있을 줄 알았다. 그런데 의외로 거의 다 쓴 곳도 있었다. 청소도구도 빗자루의 자루가 떨어졌거나 걸레가 몇 개 안 남은 곳도 있었다.

고바야시가 청소도구함 안쪽 종이에 날짜와 이름을 적고, 나는 물비누 통을 바꿨다.

"다 끝났다. 둘이 하니까 빠르네."

"응."

"아마 처음에는 사토가 전부 혼자 했을 거야. 고생했겠다."

"좀 미안하네. 그래도 이제부턴 괜찮을 거야. 나, 다음 달 점검일도 올 거니까."

"다음 달 점검일? 다른 날은? 내일부터 또 안 나오려고?"

"응."

"왜 안 오는데? 누가 괴롭히는 것도 아니잖아."

"너, 정말 단순하다. 등교 거부하는 사람은 모두 누가 괴롭혀서 안 온다고 생각하냐?"

"다는 아니겠지만."

"사람마다 이유는 달라."

"그럼 넌 이유가 뭔데?"

"앞으로 우주 대전쟁 시대가 오는데 학교는 와서 뭐 하냐?"

"뭐?"

대체 뭔 소리를 하는 거야. 애니메이션 얘긴가?

내가 멍한 표정을 짓자, 고바야시는 다시 말했다.

"그러니까, 우주 대전쟁이 눈앞에 닥쳤는데 일본에, 그것도 이런 촌구석에 있는 중학교를 뭐 하러 다니냐고."

얘, 진심일까? 아, 그래. 분명 머리가 어떻게 돼서 학교를 쉬는 걸 거야.

"넌, 아무 준비도 안 하고 있다가 우주 대전쟁이 일어나면 어쩌려고 그러냐?"

"어쩌긴 뭘 어째."

너무 깊이 관여하지 말자는 생각에 적당히 대답했다. 하지만 고바야시는 그런 내 마음은 아랑곳하지 않고 계속 말했다.

"대답이 뭐 그러냐. 저항 한번 못 해 보고 죽으려고?"

"응, 그것도 괜찮아. 뭐든 상관없어."

고바야시는 될 대로 되라는 식의 내 대답을 못마땅해하는 듯 보였다.

하지만 뭐든 상관없다는 건 나름 꽤 진심이었다. 인생은 온통 시련뿐이고, 별 재미도 없으니까.

그래도 전단지나 장난감 같은 것에 파묻혀 죽는 건 사양이다. 우주 대전쟁이 일어나더라도 부디 학교에 있을 때 나게 해 주세요. 그러면 아빠의 큰 소리, 엄마의 히스테리, 안 들어도 될 테니까.

"정말 괜찮냐?"

고바야시는 내 어깨를 꽉 쥐고 진지한 눈으로 나를 보며 말했다.

으악. 대박 무서워. 사람 살려, 소리라도 질러야 하나.

하지만 소리 질러 봤자, 내 목소리는 서툰 트럼펫 소리에 묻힐 게 뻔했다. 어떡하든 나 혼자 고바야시를 돌파해야 했다.

"그, 그 우주 대전쟁은 우주인이 공격해 오는 거잖아. 시골 학교 중학생이 우주인을 상대로 뭘 어떡하겠어?"

"살아남아서 때를 기다리는 거지."

"무슨 때?"

"빼앗긴 지구를 되찾을 때."

뭐래? 지구는 왜 뺏기고. 이렇게 큰 지구를 혼자 무슨 재주로 되찾아.

"그래서 지금은 학교에서 쓸모도 없는 공부하지 말고, 생존 기술을 배워야 해."

우주인을 상대로 한 생존 기술을 어떻게 익힌다는 건지. 이런 애와 얘기하고 있으면 나까지 머리가 이상해지겠다.

그나저나 얘는 왜 우주 대전쟁이 일어난다고 생각하게 된 걸까?

"넌 어떻게 우주 대전쟁이 일어날 걸 알았어? 인터넷에서 봤어?"

"아니. 인터넷은 거의 다 거짓말이야. 진실은 조금밖에 없어."

"인터넷이 아니면 뭔데?"

내 물음에 고바야시는 무슨 말을 하려다가 입을 다물었다.

"야, 조금 전만 해도 우주 대전쟁이 어쩌고저쩌고했잖아. 이제 와 입 닫는 게 어딨어."

그 말에 고바야시는 잠시 생각에 잠겼다. 이내 휴, 하고 긴 한숨을 내뱉고 말했다.

"이건 진짜 비밀이야."

"알았어. 아무한테도 말 안 해."

"머지않은 미래에 우주가 뒤집힐 일이 일어나니까, 나한테 소중한 게 뭔지 찾아 두라고 미래의 내가 말했어."

어? 뭐래.

"잠깐만. 한번 정리해 볼게. 미래의 나가 뭐야? 아니, 그전에 우주 대전쟁은 어디 갔어?"

"그러니까, 미래의 나는 미래의 나지. 미래에서 어른이 된 내가 내 앞에 나타났다고."

"그러니까, 아저씨가 된 네가 우주가 뒤집힐 일이 일어날 거라고 지금의 너한테 말했다고?"

"뭐? 아저씨? 그래, 아저씨는 아저씨지. 아무튼, 분명히 그랬어."

"그럼 우주 대전쟁이라고 말한 건 아니잖아."

"안 했어. 우주가 뒤집힌다고 하니까 우주 대전쟁 같은 거라고 생각한 거야."

"에이, 난 또. 혼자 확대 해석하지 마."

"응? 내가 좀 심했나?"

고바야시가 혀를 날름했다.

만화도 아닌데 그런 행동을 하는 인간이 있다는 게 놀랍다. 역시 이 녀석, 조금 귀엽다.

"근데, 왜 미래의 너는 그렇게 모호하게 말했을까? 서기 몇 년에 제3차 세계대전이 일어나니까 핵 대피소를 준비하라는 식으로, 좀 더 구체적으로 가르쳐 주면 좋았을 텐데."

"언제 무슨 일이 일어날지 정확하게 알면 인생의 의미를 찾을 수 없어서가 아닐까?"

"되게 어렵네. 난 인생의 의미 같은 건 관심 없어. 언제 무슨 일이 일어나는지 연표 같은 걸 다 알고 싶어."

"그래? 자기가 언제 죽는지 알면 안 무서워?"

"음, 무서울지도 모르지. 난 아빠가 언제 돌아가실지 알고 싶어. 5년 뒤에 돌아가신다는 걸 알면 참을 수 있을 거 같은데, 앞으로 30년을 더 사신다면 지금부터 도망갈 곳을 찾을 거니까."

"흐음, 너, 아빠를 싫어하는구나."

"응, 완전 싫어."

말하고 나서 아차, 싶었다.

"미안해."

"뭐가?"

"너, 아빠 돌아가셨다며?"

"누가 그래?"

"아냐."

"아, 아사카."

그러더니 고바야시는 화내거나 슬퍼하지 않고 담담하게 말했다.

"사과할 필요 없어. 내 아빠하고 네 아빠는 다르니까."

이어서 숨을 크게 들이쉬더니 덧붙였다.

"사람은 다 제각각이니까. 그냥 난 미래를 모르니까 인생이 즐겁다고 생각하는 거야."

"그래서 지금은 학교를 쉬면서 소중한 걸 찾고 있는 거야?"

"응, 그렇다고 할 수 있지."

"소중한 걸 찾으면 어떡할 건데?"

"글쎄, 지키든지 숨기든지 뭐라도 하지 않을까?"

"그래. 머지않아 무슨 일이 일어날지는 모르지만, 그전에 소중한 걸 찾길 바란다."

그 말에 고바야시가 의외라는 얼굴로 나를 쳐다봤다.

"응."

그리고 씩 웃으면서 고개를 끄덕이더니 다시 못 박았다.

"근데, 너, 절대 아무한테도 얘기하면 안 된다."

"안 해. 아, 근데 아냐한테는 말해도 돼?"

"안 돼. 절대 안 돼."

"왜? 너네 사이좋잖아."

"특별히 좋은 건 아니야. 부모님끼리 친구서. 걘 그렇게 보여도 섬세해서 가까운 미래에 위험이 닥친다고 생각하면 정신적으로 크게 충격받아."

"아니, 그럼 난 위험이 닥친다는 걸 알아도 되고?"

"넌 둔해 보이잖아. 늘 공격적이고. 어지간해서는 꿈쩍도 안 할 거 같은데?"

"뭐? 제대로 얘기한 건 오늘이 처음인데. 무슨 말을 그렇게 해."

"내 직감이 맞아. 넌 강해."

"그 말, 겉모습 보고 하는 말이지?"

"아니? 넌 정신적으로도 강해."

그러면서 고바야시는 또 웃었다. 적당히 그을린 피부에 하얀 이가 빛났다. 전혀 등교 거부하는 아이 같지 않았다.

"근데 너, 우주 대전쟁은 꼬치꼬치 물으면서 '미래의 나'는 꽤 자연스럽게 받아들인다?"

"자연스럽게 받아들인 건 아닌데. 우주 대전쟁에 비하면 미래의 너 정도는 사소해서 그럴 수도 있다는 생각이 들었어."

"너도 평범하지는 않네."

"너 정도는 아니야."

우리는 가벼운 농담을 주고받으면서 망가진 빗자루와 빈 물비누 통을 가지고 비품관리실로 돌아갔다.

사사키 선생님에게 보고한 뒤, 고바야시는 "그럼 다음 달에 보자" 하며 돌아갔다. 나는 동아리방으로 갔다.

동아리 시간 내내 고바야시가 말한 '우주가 뒤집힐 일'을 생각했다.

우주가 뒤집힐 일이라는 게 뭘까. 전쟁이나 대지진 정도밖에 생각 안 나는데.

아, 하지만 지구가 아니라 우주라고 하니까 기후변화가 심각해져서 인류가 더는 지구에 못 살게 되고, 어디 다른 별로 이사 가야 한다거나, 그런 걸지도 모르지. 하지만 고바야시가 아저씨가 될 때까지 인류가 다른 별로 이사 가서 살 기술을 개발할 수 있을까.

그건 그렇고, 정말로 미래에서 아저씨가 된 고바야시가 왔나? 인간이 다른 별로 이사할 기술을 개발했다면 타임머신을 개발했다 해도 이상할 건 없는데. 설마 한 집에 한 대씩 타임머신이 있지는 않겠지. 어쩌면 고바야시가 타임머신을 개발했다거나. 아, 등교 거부 중에 타임머신의 기초가 될 만한 생각이 떠올랐다거나.

만약 우주가 뒤집힐 만큼 큰일이 일어나서 모두 죽는다면 지금 공부하고 동아리 활동하는 게 무슨 의미가 있을까.

"야, 지사! 멍하니 있지 말고, 공 제대로 받아!"

"아, 미안."

나도 모르게 멍하니 딴생각에 빠져 있었다. 나와 유리 쪽으로 날아온 공을 유리가 혼자 다 받고 있었다. 유리가 엄청 화가 났다고 연습이 끝난 다음에 미노가 알려 줬다.

유리가 화내든 말든 상관없어. 우주 대란에 비하면 그깟게 무슨 대수라고.

정서적 학대?

장마철이 시작되었다.

비 오면 동아리 활동을 일찍 마친다. 전에는 집에 가면 찬 장과 냉장고를 뒤져서 빵이나 참치 통조림 같은 것을 먹었 다. 그런데 요즘은 내 방 청소를 했다. 15분 정도 시간을 정 해 놓고 물건을 정리했다. 오늘은 책상, 내일은 책장 이렇게 장소를 정해서 걸레질했다. 1층에 내려갈 때는 뭔가 안 쓰거 나 필요 없는 물건을 하나씩 가지고 내려갔다.

꿉꿉하니 산뜻하지 않은 날이 계속됐다. 그래도 방이 깨끗 이 정리되니 쾌적했다.

이 방에 아냐와 마오를 초대하고 싶었다. 하지만 2층으로 올 라가려면 현관을 지나야 한다. 그래서 아무도 부르지 못했다.

교실에서 마오와 같이 있을 때가 많아졌다. 마오는 착하고 성실하면서도, 융통성이 있어서 재미있었다.

내가 집에서 짜증 나는 일이 있거나 동아리 아침 연습으로 피곤해하면 "지사, 무서워. 얼굴이 또 시소처럼 됐어. 아, 아니지. 놀이터에 있는 시소가 아니라 지붕에 있는 액막이 사자상 시사. 그래, 시사처럼 됐어." 하며 웃었다. 그러면 나는 마음을 가다듬을 수 있었다.

아빠는 뭔가가 마음에 안 들면 바로 얼굴에 나타났다. 무서운 얼굴로 기분이 안 좋다는 사실을 사방에 알렸다. 아빠의 그런 점이 싫은데 나도 똑같이 하고 있었다. 하지만 그것을 말해 주는 친구가 있어서 정말 다행이었다.

마오와 친해져서 마오한테 우주가 뒤집힐 만한 일이라는 게 뭘까, 하고 물었다. 고바야시가 절대 비밀이라고 했기에 우주가 뒤집힌다는 이야기는 아무한테도 하지 않았다.

아냐한테도 물어보고 싶었다. 아냐라면 어떡할 거야? 아냐는 뭐가 소중해? 물어보고 싶었다. 아냐는 생각지도 못했던 말을 꺼낼 것 같아서 재미있을 듯했다.

고바야시가 학교에 오면 같이 얘기를 나눌 수 있을 텐데. 미래의 자신이 또 나타났는지, 소중한 건 찾았는지, 묻고 싶은 게 많았다.

기말고사 때는 학교에 올 테니까 그때까지 조금만 참자.

우주가 뒤집힐 만한 일을 너무 많이 생각한 탓일까? 아니면 비가 계속 이어진 탓일까? 기말고사가 얼마 남지 않은 어느 아침, 머리가 무거워서 일어나지 못했다. 열을 쟀더니 38도였다.

일단 동아리 아침 연습은 쉬기로 하고 7시까지 누워 있었다. 그렇다고 열이 금방 내려가지는 않았다.

"네가 아프다니, 웬일이야."

엄마가 병원에 데려가려고 하길래, 그냥 집에서 하루 쉬게 해 달라고 부탁했다.

"혼자 괜찮겠어?"

"무슨 일 있으면 엄마 휴대폰으로 전화할게요."

"그래. 점심 먹으려면 냉장고 호일 그릇에 냄비우동 있으니까, 그거 먹어."

"네, 다녀오세요."

나는 다시 침대 속으로 들어갔다.

엄마가 유사를 데리고 나갔다.

현관문을 잠그는 소리, 자동차 문이 닫히는 소리, 시동 켜는 소리, 비가 거세져서 지붕과 창문을 때리는 소리.

그런 소리가 점점 멀어지고 어느새 잠이 들었다.

왈왈 왈왈.

이웃집 개가 시끄럽게 짖는 통에 눈을 떴다.

몇 시나 됐을까? 시계를 보니 이제 9시 반이다.

목이 바싹 탔다. 머리맡에 물을 놔둘 걸 그랬다. 힘들게 겨우 1층으로 내려가서 물을 마셨다.

다시 2층에 올라가는 게 몹시 힘들어, 그대로 거실 소파에 드러누웠다.

재깍재깍 시계 소리, 윙 하는 냉장고 소리, 부엌에서 물방울이 떨어지는 소리가 똑 똑 났다.

너무 조용해서 오히려 불안했다.

텔레비전을 켜려는데 리모컨이 안 보였다. 테이블과 소파 밑을 들여다봤다. 머리를 숙였더니 관자놀이에서 맥박이 지끈거리듯 뛰었다. 리모컨이 안 보여, 텔레비전까지 걸어가서 전원을 눌렀다.

스튜디오에서 아나운서와 게스트가 무슨 얘기를 하고 있었다.

아, 역시 텔레비전은 시끄러워.

리모컨이 없어서 어떻게 소리를 줄여야 할지 모르겠다. 채널도 못 바꾸겠다.

텔레비전을 끄려는데 정서적 학대라는 표현이 쏙 들어왔다.

"정서적 학대란 언어와 태도로 정신적인 폭력을 가하는 겁니다."

"그러면 자칫 오해하죠. 정서적 학대는 폭력을 넘어서 지배입니다. 너는 형편없다, 왜 이런 것도 못 하냐, 그런 말로 피해자의 자신감을 빼앗고 자신의 지배하에 놓는 거죠. 일종의 세뇌라고 할 수 있습니다."

어라, 이건?

"정서적 학대를 가하는 사람은 뭔가가 마음에 안 들면 바로 불같이 화를 내죠. 옆에서 보면 별일도 아닌데 화를 내는 게 이상하지만, 학대를 당하는 사람은 그 사실을 모릅니다. 내가 나쁘니까 하는 수 없다, 내가 잘못했으니까 상대가 화를 내는 건 당연하다고 생각합니다."

이건 엄마, 아빠 얘기잖아. 엄마한테 보여 줘야 해. 그래, 녹화하자. 근데 리모컨이 있어야 하는데.

리모컨, 어딨지? 아, 리모컨, 리모컨.

"대체로 정서적 학대를 가하는 사람은 자신이 가해자라고는 전혀 생각 못 합니다. 나쁜 일이라는 자각이 전혀 없으니까 반성도, 사과도 안 해요. 정서적 학대를 고칠 수 있다는 생각부터 먼저 버리셔야 합니다."

방송은 점점 지나가는데 리모컨이 안 보였다.

"그럼 이어서 정서적 학대를 받은 적이 있는 A 양의 체험담을 들어 볼까요…."

리모컨 찾던 것을 포기했다. 대신 정서적 학대 특집이 끝날 때까지 화면을 뚫어지듯 바라봤다. 내 머릿속에 전부 기록하겠다는 생각으로.

소중한 것

비가 쉬지 않고 쏟아지는 가운데 마침내 기말고사가 끝났다.

앗싸, 끝났다!

물론 시험이 끝난 것도 좋지만 고바야시와 얘기를 할 수 있어서 기뻤다.

고바야시는 중간고사 때처럼 기말고사 보는 날은 학교에 왔다. 하지만 시험 전에는 각자 교과서를 훑어보고, 종례 시간이 끝나면 고바야시는 곧장 돌아가기 때문에 우주가 뒤집히는 얘기는 전혀 나누지 못했다.

그래서 시험이 끝난 뒤에 열리는 환경미화 위원회 시간이 너무 기다려졌다.

종례가 끝나고 비품관리실로 갔다.

지난번과 똑같이 사사키 선생님은 물비누가 든 통을 나눠

쳤다.

고바야시를 보고 그 옆으로 갔다.

"안녕,"

"어, 안녕."

"소중한 거, 찾았어?"

"에, 처음 묻는 말이 그거야? 보통은 시험 잘 봤냐, 그런 거 먼저 묻지 않나?"

"난 네가 시험을 잘 봤는지, 못 봤는지 별로 관심 없어."

"저기요, 대화를 풀어 가기 위한, 뭐 그런 게 있어야지. 무조건 본론부터가 아니라. 먼저 그런 인사를 나눈 다음에 본론으로 들어가는 거고."

"알았어, 그럼. 시험 어땠어?"

"그럭저럭."

"그래서, 중요한 건 찾았어?"

"너, 정말 네가 관심 없는 건 아무 상관없구나."

"응."

"마지막, 1학년 6반."

사사키 선생님이 불러서 물비누를 받으러 갔다.

"북관 3층. 부탁한다."

"네―."

물비누 통을 들고 북관으로 갔다. 비가 와서 구름다리 바닥이 젖어 있었다. 미끄러워서 넘어지려는 순간, 고바야시가 붙들어 줬다. 고바야시, 완전 신사네, 라는 생각도 아주 잠깐.

"무거워, 팔 부러지겠다."

고바야시가 투덜거렸다.

요즘 살이 좀 빠졌던 터라 살짝 충격이었다.

비 오는 날이면 북관은 떠들썩했다. 관현악부뿐 아니라 운동부도 북관 복도에서 다른 사람 등을 뜀틀 삼아 뛰어넘는 말타기를 하거나 유연 체조 같은 것을 했다.

나도 물비누를 보충하는 작업을 마치면 바로 동아리에 참석해야 했다.

요즘에는 유리와 메이가 그전처럼 신경 쓰이지 않았고, 미노와 사리라는 친구도 생겼다. 이제 동아리도 별로 힘들지 않았다.

그래서 동아리에 가기 싫은 것은 아니지만, 고바야시와 우주가 뒤집히는 이야기를 좀 더 하고 싶은 마음에 천천히 작업했다.

"그래서, 소중한 게 뭔데?"

"집 아닌가 싶어."

"집? 지금 네가 사는 집?"

"응."

"집은 우주 대전쟁이 일어나면 불에 탈 가능성이 크지 않아?"

"응. 그래서 어떻게 지킬까 생각하고 있어."

"흐음. 근데 왜 집이야?"

"우리 집, 아빠가 디자인하셨어."

"호오, 아빠가 건축가셨어?"

"아니, 그건 아닌데. 엄마가 음식 하는 걸 좋아하니까 부엌을 크게 하면 어떨까, 내가 레고를 좋아하니까 레고 방을 만들까, 그렇게 건축가와 의논하면서 지은 집이야."

"레고 방?"

"레고 방이라고 해야 하나, 작은 놀이방인데, 결국 지금은 레고 방이야. 레고 부품을 정리할 수 있는 수납공간이 있어. 지진에도 안 넘어지게 다 고정해 놨고. 조립식 레고를 장식해 둘 선반도 달아 주셨어."

"와, 네 아빠, 엄마와 네 생각 엄청 해 주셨구나."

"응, 그러셨지."

"그렇구나, 그런 특별한 집이라면 지키고 싶겠다. 우리 집은 지키고 싶기는커녕 제발 부숴 달라고 사정하고 싶을 정도인데."

"집이 오래됐어?"

"아니, 오래된 건 아닌데⋯."

공기가 통하지 않고 고인 듯한, 난장판으로 어질러진 우리 집이 머리에 떠올랐다.

고바야시 아빠와 우리 아빠. 고바야시 집과 우리 집. 똑같은 '아빠'와 '집'인데 왜 이렇게 다를까.

불현듯 눈물이 북받쳤다.

"헐. 너, 왜 우냐?"

고바야시가 깜짝 놀랐다. 나도 왜 눈물이 나는지 모르겠다. 그래도 눈물이 멈추지 않았다.

"야, 괜찮냐?"

고바야시가 내 등에 손을 얹었다.

그 순간, 눈물과 함께 전부 내뱉고 싶었다.

"우리 집, 엄청 더러워. 쓰레기장 같다느니, 돼지우리 같다느니, 그런 말 있잖아. 그런 정도로 난장판이야. 게다가 아빠는 툭하면 소리 지르고, 엄마는 신경질 내고. 너희 집 얘기를 듣는데, 우리 집과 완전 딴판이잖아. 우리 집은 왜 이렇게 됐을까 싶어서 그냥 눈물이 나왔어."

"야, 울지 마."

고바야시는 물비누가 든 통을 내려놓고, 허둥지둥 나를 달랬다.

"네 아빠와 엄마 일은 나도 어쩔 수 없지만, 청소라면 울 엄마도 하실 수 있어."

아, 그렇지. 고바야시 엄마는 하우스 클리닝 회사를 하시지.

"그치만 우리 집 장난 아니야. 청소하기 전에 물건을 치워야 하잖아. 근데 엄마가 이제 치우는 것조차 포기하셨나 봐. 온 집 안이 심각해. 나라도 치우고 싶은데, 나는 뭐가 뭔지 잘 모르니까 함부로 손을 댈 수가 없어."

울먹이면서 쏟은 말이라 알아듣기 어려웠을 것이다. 그래도 고바야시는 차분히 귀를 기울였다.

"울 엄마, 정리 일도 하셔. 정리는 정신적인 거라고 상담사 자격증도 땄고, 삼촌은 재활용 가게 해서 필요 없는 건 수거해 가셔. 어질러져 있어도 상관없어. 일정이 어떤지는 잘 모르지만, 우리 반 애 집이라고 하면 시간 내주실 거야. 엄마한테 한번 말씀드려 볼게. 너도 네 엄마한테 우리 엄마 얘기해 봐. 인터넷에서 '고바야시 하우스 클리닝'으로 검색하면 바로 나와."

"응, 고마워."

나는 연신 고마워, 고마워, 하면서 계속 울었다. 고바야시는 걱정 마, 다 잘될 거야, 하면서 내내 옆에 있어 주었다.

잠시 후 진정이 되었다.

"야, 지금 네 얼굴, 장난 아냐. 얼굴 좀 씻지, 그래?"

고바야시가 말했다.

화장실에 가서 거울을 들여다봤다. 눈물과 콧물로 범벅이 되어 있었다. 정말 장난이 아니었다. 서둘러 얼굴을 씻었다.

내 손수건으로는 물기가 잘 안 닦였다. 젖은 얼굴을 어떻게 하나, 생각하면서 화장실에서 나왔더니, 밖에서 기다리던 고바야시가 주머니에서 타월조직 손수건을 꺼내 줬다.

"고마워."

참 괜찮은 녀석이다.

이런 사람이라면 결혼해도 괜찮을 것 같다는 생각이 들었다. 고바야시를 좋아하는 걸까? 이런 내가 좀 당황스러웠다.

"아 참, 다음 주는 환경미화 주간이니까 일주일 동안 학교 나와."

"뭐? 그게 뭔데?"

"포스터 붙어 있잖아. 안 봤어?"

"그런 게 있었나?"

열심히 그렸는데. 알아차리지도 못했다니까 좀 실망스러웠다.

"환경미화 주간에 환경미화대회가 열리는데, 그걸 환경미화 위원회에서 심사해. 우리는 북관 화장실을 점검하고."

"흐음."

"환경미화 주간이 끝나면 금방 여름방학인데. 그냥 계속 학교 나오지, 그래?"

"근데 생각할 게 많아."

"그냥 학교 와서 친구들과 얘기하다 보면 뭔가 생각날지도 모르잖아. 선생님께 물어봐도 괜찮을 거 같고."

"선생님?"

"응. 야마다 선생님은 그런 얘기 잘 들어 주실 거 같은데. 학교가 아닌 사회를 경험하셨으니까 다른 선생님들보다 융통성도 있을 거 같고. 얘기 잘 들어 주실 거 같아."

"그럴까."

"그럼. 네가 학교 오면 나도 즐겁고."

"응, 하긴 혼자 집에 있는 것보다는 재밌을지도."

"그치?"

그리고 내가 우하하하, 하고 웃었다.

"너, 왜 갑자기 웃고 난리냐? 조금 전까지 눈물 콧물 흘리면서 울고 있었잖아. 역시 정상이 아니야."

고바야시가 이상하다는 듯 말했다.

각성

    오늘은 아침부터 시험을 세 과목이나 보고, 환경미화 위원
회 일도 했다. 게다가 울기도 하고 웃기도 했다. 게다가 동아
리 활동도 했기에 아주 피곤할 만했다.

    하지만 기분은 들떠 있었다. 고바야시 덕에 조금 빛이 들
어온 느낌이었으니까.

    "다녀왔습니다―."

    "어서 와."

    유사 모자가 복도에 뒹굴고 있었다. 그 위를 그대로 건너
뛰어서 거실로 갔다.

    "시험은 어땠어?"

    "그저 그랬어요. 오늘 저녁은 뭐예요?"

    "정어리 튀김."

"매실과 자소엽에 말아서 튀긴 거요?"

"그래. 자, 어서 옷 갈아입고 와."

"갈아입고 와서 도울게요."

"어머, 웬일이니. 그러면 마당에서 자소엽 좀 뜯어 올래?"

"네—."

아직 엄마한테 정서적 학대 얘기는 안 했다.

그날 아침, '정서적 학대'에 대해 처음 알았을 때는 당장이 라도 엄마한테 말해야겠다고 마음이 급했다. 그렇다고 아빠 가 있을 때 할 수는 없고, 유사도 안 들었으면 싶었다. 무엇 보다 기말고사를 앞두고 아홉 과목이나 공부해야 했다. 엄마 한테 말하는 건 자연히 뒤로 미뤄졌다.

물론 빨리 얘기하는 게 좋을 것이다. 그래도 지금은 엄마 한테 정서적 학대보다 하우스 클리닝 얘기를 하고 싶었다. 집이 깨끗해지면 엄마가 아빠 눈치를 덜 보고, 아빠가 시키 는 대로 안 해도 될지도 모른다.

옷을 갈아입고, 바로 마당으로 나갔다. 자소엽을 열 장 정 도 뜯었다.

"자소엽 뜯어 왔어요."

"그래, 고마워."

"엄마, 이제 안 치우세요?"

황금연휴 이후 한 번도 집 정리 얘기를 꺼낸 적이 없었다. 왠지 입에 올리면 안 되는 주제 같았기 때문이었다.

아니나 다를까 엄마 얼굴이 갑자기 어두워지며 시선을 떨구었다.

"엄마는 정리 못 하겠어. 구제 불능인가 봐."

엄마는 고개도 안 들고 계속 매실씨만 뺐다.

"엄마, 엄마는 구제 불능이 아니에요. 정리하는 방법을 모르는 것뿐이에요."

마오한테 듣고 기뻤던 말을 따라서 했다. 그리고 엄마 기분을 건드리지 않게 어떻게 말할지 미리 생각했던 얘기를 꺼냈다.

"전기 제품이 고장 나면 수리점에 가서 고쳐 달라고 하잖아요. 왜냐하면 엄마는 어떻게 고치는지 모르니까."

엄마가 의아한 얼굴로 나를 바라봤다.

"청소도 똑같아요. 청소 방법을 모르면 전문가한테 부탁하면 돼요."

나는 엄마 기분을 헤아리면서 조심스럽게 말을 이었다.

"우리 반에 고바야시라는 애가 있는데, 그 애 엄마가 하우스 클리닝 회사를 해요. 거기 부탁해 보면 어때요?"

아아, 제발 엄마가 "그거 괜찮겠다. 한번 해 볼까" 하고 말하게 해 주세요.

"근데 우리 집은 청소가 아니라 정리라서. 청소하기 전에 정리부터 해야 하잖아."

"저도 그 얘기를 했어요. 그랬더니 고바야시 엄마는 정리

일도 하신대요. 뭐라더라, 정리는 정신적인 거래요. 그래서 상담사 자격증도 따셨대요."

"어머나, 고바야시 엄마, 굉장하시구나."

엄마가 흥미로운 얼굴로 나를 보았다. 조금만 더 하면 된다.

"네, 그 애 삼촌은 재활용 가게를 하셔서 필요 없는 물건은 수거해 주시고요."

"어머, 그래?"

오, 아주 싫은 건 아니라는 표정이다. 가능성 있어.

"생각해 볼게."

"네, 또 뭐 시킬 일 있어요?"

"응, 식탁 좀 치워 줄래?"

"네."

시험도 끝났고, 숙제도 없었다. 게다가 고바야시 엄마한테 집 청소를 부탁할지도 모른다. 마음이 아주 가벼웠다. 이런 기분, 대체 얼마 만인가.

그날도 간식은 먹지 않았다.

보통 토요일에는 12시까지 동아리 연습을 하고, 12시 반쯤이면 집에 도착한다. 그런데 오늘은 옆 동네 중학교로 연습 시합을 갔기 때문에 다른 날보다 늦었다. 집 주차장에는 엄마 자동차뿐 아니라 아빠 자동차도 있었다.

아빠보다 늦었구먼. 암, 그러니 배가 고프지.

"다녀왔습니다."

현관문을 열었다. 아빠의 화난 목소리가 귀에 들어왔다.

"당신이 치워. 뭐 하러 돈까지 주면서 남한테 청소를 시켜."

엄마가 아빠한테 하우스 클리닝 얘기를 한 것이었다.

나는 허둥지둥 거실로 갔다. 유사가 텔레비전 앞에 서서 겁에 질린 눈으로 엄마와 아빠를 번갈아 보고 있었다.

"유사, 이리 와."

나는 그 주변에 있던 그림책과 인형을 주워서 유사를 2층 내 방으로 데리고 갔다.

"언니⋯."

"괜찮아. 잠깐 여기서 인형이랑 그림책 보고 있어."

"언니, 갈 거야?"

"엄마 도우러 가야지."

그리고 단숨에 계단을 내려갔다.

"이깟 정리 하나 혼자 못해서! 이 구제 불능 여편네 같으니."

"엄마는 구제 불능 아니에요."

아빠가 고개를 돌려 나를 노려봤다.

"지사, 너 뭐야? 어른들 얘기하는데 어딜 애가 끼어들어."

"엄마는 구제 불능 아니에요. 구제 불능은 아빠라고요!"

"뭣? 뭐가 구제 불능이냐!"

"그 말투, 그 생각, 전부요! 왜 항상 위에서 내려다보는 것처럼 말해요? 아빠와 의견이 다르면 인정하지 않는 그 태도도…."

말이 채 끝나기도 전에 눈앞이 번쩍하며 왼쪽 뺨에 충격이 일었다. 뺨 안쪽이 치아에 부딪혀 찢어졌다.

"부모한테, 그게 어디서 배워 먹은 말버릇이냐!"

"자식도 엄연히 한 사람의 인격체예요! 소유물이 아니라고요! 아빠는 당연히 아빠 마음대로 해도 된다고 생각하시잖아요!"

"어릴 때 자식은 부모 소유물이야! 자립할 때까지 자식은 얌전히 부모 말 들어야 해!"

눈물이 나왔다. 맞은 데가 아파서가 아니었다. 이런 인간이 내 아빠라고 생각하니 한심하고 분해서 눈물이 멈추지 않았다.

"그러면 엄마는 왜 아빠 말 들어야 하는데요? 엄마는 아빠 자식이 아니니까 소유물이 아니잖아요! 왜 엄마 말을 무시하세요?"

"부모 일에 어딜 감히 자식이 끼어들어!"

"제 일에도 상관 마세요! 전 아빠 소유물이 아니니까!"

또 왼쪽 뺨에 충격이 가해졌다.

"네가 누구 덕에 밥 먹고 있는데, 어디서 큰 소리야! 마음에 안 들면 당장 이 집에서 나가!"

"그럼 돈 주세요! 혼자 먹고살 돈 있으면 얼마든지 이딴 집에서 나가 드리죠!"

"돈 같은 소리 하네!"

"아빠가 부모로서 하는 거라곤 돈밖에 없잖아요! 뭐든지, 언제나, 다 엄마한테 시키잖아요!"

"당장 나가!"

"나갈 테니까 빨리 돈 주세요!"

"내가 돌아오기 전에 짐 챙겨 나가!"

아빠는 조리대 위에서 자동차 열쇠를 집어 들더니 밖으로 나갔다.

현관문 닫히는 소리가 들리고, 자동차 시동 거는 소리가 들렸다. 자동차 소리가 차츰 멀어졌다.

나는 그 자리에 털썩 주저앉았다.

"지사….."

엄마가 내 곁으로 와서 나를 끌어안았다. 나는 엄마한테 안겨서 아기처럼 엉엉 울었다.

"지사, 고마워. 엄마는 구제 불능이 아니라고 해 줘서. 생각한 걸 말해 줘서 고마워."

엄마 얼굴은 보이지 않았지만 목소리가 떨렸다. 틀림없이 울고 있었다.

"하고 싶은 말은 더 많았는데 전혀 못 했어요. 화가 나고 눈물이 나서 전혀 못 했어요."

"아니야. 아주 용감했어."

엄마는 유사를 재울 때처럼 몸을 좌우로 흔들면서 내 등을 토닥였다.

"엄마, 왜 정서적으로 학대하는 그런 아빠와 결혼했어요?"

엄마는 나를 끌어안고 있던 팔을 풀더니 내 얼굴을 물끄러미 바라보았다.

"정서적 학대?"

"네. 텔레비전에서 봤어요. 아빠는 정서적 학대의 특징에 다 해당됐어요."

"들어 본 적은 있는데, 아빠가 그렇다고는 생각해 본 적이 없었어."

"그럼 생각해 보세요. 아빠는 분명히 정서적 학대를 하고 있어요. 정신적으로 지배하는 거예요. 일종의 세뇌래요."

"세뇌라니, 무슨 말을 그렇게…."

그러고는 말없이 고개를 숙였다.

나는 엄마 어깨에 손을 얹었다. 엄마는 그제야 정신이 들었는지 고개를 들었다. 그리고 다시 나를 끌어안고 등을 토닥였다.

토닥토닥 토닥토닥.

마음이 조금씩 진정됐다. 엄마도 그러면서 자신을 진정시키는지도 모른다.

"근데 아빠, 밤에 들어오면 또 나가라고 하겠죠?"

"아마도. 아빠는 네가 잘못했다고 할 때까지 그냥 안 넘어갈 거야."

"저는, 절대로 잘못했다고 하고 싶지 않아요."

"하고 싶지 않으면 하지 마. 사과는 억지로 하는 게 아니니까."

"근데 그러면 나가라고 할 텐데요."

"하고 싶으면 하라지. 네가 정말 나가면 가장 곤란한 사람이 누군데? 아빠는 가족보다 체면이 중요한 사람이잖아. 딸이 집 나갔다고 해 봐. 교사인 네 아빠 체면이 어떻겠어?"

아, 그렇구나.

아빠가 나를 소중히 여긴다고 생각한 적은 없었다. 하지만 엄마가 '가족보다 체면'이라고 딱 꼬집어 한 말은 아주 충격이었다. 그리고 충격받는 나 자신한테도 놀랐다.

나는 아빠를 아주 싫어하지만, 아빠라는 존재가 나를 소중히 여겨 주기를 바랐구나.

"지사, 배 안 고파?"

"아, 완전 고파요."

"볶음국수, 다 식었겠다. 다시 데울게. 아 참, 유사는?"

"아, 맞다, 유사."

2층으로 올라가니 유사는 내 영어 공책에 마음껏 낙서하고 있었다.

"휴우."

한숨이 나왔지만 화낼 마음은 들지 않았다.

"유사, 배고프지? 볶음국수 먹으러 가자."

"응."

유사는 1층으로 뛰어 내려갔다.

점심을 먹고 숙제하려고 책상 앞에 앉았다. 하지만 아빠가 돌아올 때를 생각하니 가슴이 두근거려 집중할 수가 없었다. 그래도 수학 문제집을 풀려고 버둥거렸다. 문제가 눈에 들어올 리가 없었다. 하는 수 없이 숙제는 포기하고 청소를 하기로 했다.

다른 날은 청소하면 기분이 차분해졌는데 오늘은 전혀 효과가 없었다. 책상 서랍부터 창틀까지 청소를 해도 해도 진정이 안 됐다. 다음으로는 욕실 청소를 하기로 했다.

"엄마, 욕실 청소할게요. 다 하면 그대로 목욕해도 돼요?"

거실 쪽을 들여다보면서 엄마한테 물었다.

"그래, 고마워."

엄마는 식탁에서 노트북을 보고 있었다.

"엄마, 정서적 학대 찾아보는 거예요?"

"응. 뭔가 굉장하네. 읽으면 읽을수록 네 아빠하고 완전히 똑같아."

"그죠?"

"대처법도 많아서 지금 그걸 보고 있어. 일단 위축되면 안 되나 봐."

"그렇군요."

"의연하게 대꾸하면 된대. 상대방이 생각하지 못할 행동을 해서 당황하게 하는 방법도 있어. 갑자기 큰 소리로 노래를 부른다거나."

"재미있겠어요. 다음에 또 소리치면 우리 둘이 노래 불러요."

"근데 너무 자극 주는 것도 별로 안 좋을 것 같으니까 적당히 하자."

"네."

아빠가 큰 소리로 화를 낼 때 엄마와 내가 노래하는 장면을 상상했다. 우스워서 두근거리던 가슴이 조금 진정되었다.

거의 저녁이 다 되었을 무렵, 아빠가 자동차를 주차장에 넣는 소리가 들렸다. 안 돌아오면 좋겠다고 생각했는데, 돌아왔다.

가슴이 두근거렸다.

"지사, 식탁 좀 닦아 줄래?"

엄마도 자동차 소리를 들었을 것이다. 그래도 엄마는 평소와 똑같은 목소리로 말했다.

현관문 여는 소리가 들렸다.

곧 거실로 들어올 텐데, 어떡하지.

아빠가 나타났다.

"왜 아직도 있냐? 나가라고 했지?"

아빠는 식탁 닦는 나를 보며 나지막한 소리로 말했다.

"왜냐하면⋯."

나는 식탁을 내려다본 채 간신히 그 말만 할 수 있었다.

아빠가 다가왔다. 또 얻어맞을 각오를 했다,

두 눈을 질끈 감았다.

"이 집은 내 집이기도 해. 당신 멋대로 나가라, 마라, 하지마."

엄마가 부엌에서 말했다.

아빠는 엄마의 갑작스러운 반론에 당황했지만, 이내 정신 차리고 말했다.

"그럼 밥 먹지 마! 너 같은 애, 줄 밥은 없다!"

"만드는 사람은 나고, 식비도 내가 부담하고 있어. 그리고 애는 내 자식이기도 해. 뭐든 당신 멋대로 정하지 마."

이번에도 엄마는 단호하게 말했다.

"맘대로 해!"

아빠는 얼굴이 새빨개져 툭 내뱉었다. 그리고 다시 자동차를 타고 나갔다.

휴우.

살았다.

"지사, 괜찮아?"

엄마가 부엌에서 나와 내 어깨에 손을 얹었다.

"네, 도와줘서 고마워요."

내 말에 엄마는 힘이 들어간 눈으로 나를 보더니 웅, 하고 고개를 끄덕였다.

엄마가 내 편을 들어 줬어!

다음 날 아침, 거실로 내려갔다. 아빠가 커피를 마시면서 신문을 읽고 있었다. 아마 어젯밤 아빠는 내가 잠든 다음에 돌아온 모양이었다.

아빠는 나를 힐끗 보더니 말없이 다시 신문을 읽었다.

마치 가시방석에 앉은 것 같았다. "잘못한 사람은 너다, 어서 사과해"라는 무언의 압력이 굉장했다.

이럴 때 예전 같았으면 "아빠, 죄송해요. 제가 잘못했어요" 하고 용서를 구할 때까지 아빠는 계속 기분이 상해 있고, 나는 혼자서 움츠리고 있어야 했다.

하지만 지금은 달랐다. 엄마라는 내 편이 생겼으니까. 기분 나빠지고 싶으면 얼마든지 나빠지라지. 나는 절대 사과 안 해. 나는 사과할 짓을 하지 않았으니까.

환경미화 주간

7월 첫 번째 월요일, 환경미화 주간이 시작됐다.

환경미화 주간이라고 해도 아침부터 내내 청소만 하는 건 아니다. 조례 때 환경미화 위원장이 환경미화 주간을 만든 취지를 설명하고, 환경미화대회가 있다는 것 말고는 평소와 별로 다를 건 없었다.

환경미화대회는 이겼다고 해서 상품을 받는 건 아니다. 그래도 경쟁이라서 모두 이기고 싶은 마음이 있는 듯했다. 모든 반이 열심히 청소했다.

평소에는 마른 걸레질만 하던 곳에 물걸레질하고, 월요일은 여기, 화요일은 저기, 하는 식으로 날마다 공들여서 청소할 장소를 정한 반도 있었다. 청소하면 한 만큼 교실도 화장실도 깨끗해졌다.

어떤 화장실은 들어간 순간, 긴장감이 팽팽하게 느껴질 정도였다. 구석구석 정성을 다해 청소하면, 기분이 이렇게까지 개운해진다는 사실이 감동적이었다.

환경미화 위원은 청소 시간에 담당 장소를 돌면서 청소하는 태도와 비품 관리 방법 그리고 실내가 얼마나 깨끗한지 10단계로 나누어 점수를 매겼다.

고바야시가 청소 시간에만 학교에 온다고 할까 봐 걱정됐다. 다행히 아침부터 학교에 와서 6교시까지 수업을 듣고 돌아갔다.

교실에서는 별로 이야기 나눌 기회가 없었다. 하지만 청소 시간에는 맡은 장소를 돌며 채점하면서 고바야시와 얘기할 수 있었다.

"우리 엄마, 네 엄마한테 연락하신댔어."

"응, 들었어. 어젯밤에 메일 받으셨대. 일정 확인해서 오늘쯤 답장하실 거야."

"고마워. 네 덕에 한 걸음 나아갈 수 있을 거 같아."

"무슨 그런 말씀을. 영업도 안 했는데 의뢰해 주셔서 진심으로 감사드립니다."

고바야시가 일부러 아주 공손하게 말하며 고개를 숙였다. 교복만 아니면 초등학생으로 보이는데, 어른처럼 말해서 그 엉뚱함이 재미있었다.

"있잖아, 나, 어떻게 집을 지킬지 생각해 봤는데."

"응."

"역시 무리 같아. 집을 무슨 재주로 지켜. 우주가 뒤집히지 않아도 지진이나 태풍으로 무너질 수도 있고. 그리고 가장 오래된 호류사 절도 아닌데, 일반 주택은 대개 30, 40년이면 못 쓰게 될 테고."

"꼭 집을 남기고 싶으면 사진을 찍어 두는 건 어때? 스마트폰, 있잖아."

"응…."

응, 이라는 대답과 달리 고바야시는 전혀 이해하지 못하는 모습이었다.

"그리고 나, 생각했는데 너한테 가장 소중한 건 집이 아니지 않아?"

고바야시가 어리둥절한 얼굴로 나를 쳐다봤다.

"집이 아니면 뭔데?"

"네 엄마와 아빠."

그 말에 고바야시가 뭐? 하는 표정으로 담담하게 대꾸했다.

"울 아빠, 돌아가셨는데?"

"그래도 자상한 아빠였다는 건 기억하잖아. 그래서 아빠가 남기신 집을 지키고 싶다고 생각한 거고."

"응."

"집은 못 지킬지도 모르지만, 아빠하고 있었던 추억은 지킬 수 있어. 영원히 그 추억을 잊지 않으면. 예를 들면 나중에 너한테 아이가 생기면 아빠의 아빠는 이런 일을 해 주셨어, 하고 얘기해 줄 수 있고. 역시 가장 소중한 건 물건이 아니라, 사람이 아닌가 하는 생각이 들어. 우리 집은 난장판에 물건이 넘치는데, 소중한 건 별로 없는 거 같아. 물건은 그렇게 많이 필요하지 않으니까…, 앗."

엄청난 사실을 깨닫고, 고바야시 팔을 탁탁 때렸다.

"갑자기 뭐냐? 아파. 때리지 마."

"사랑이야, 사랑. 가장 소중한 건 사랑이라고!"

"갑자기 무슨 사랑 타령이냐? 촌스럽게―."

"좀 촌스러우면 어때."

"그게 뭔 소리냐? 우주가 뒤집힐 때 사랑이 있으면 안 죽는다고?"

"언제 무슨 일이 터질지 모르지만, 사랑하는 사람들이 있으면 극복할 수 있는 거 아닐까?"

"그러니까, 우리 아빤, 돌아가셨다고."

"네 아빠는 돌아가셨지만 돌아가시기 전에 사랑 많이 받았잖아."

"응, 받았어."

"그럼 됐잖아. 분명히 넌 무슨 일이든 극복할 수 있어."

그 말에 고바야시는 생각에 잠겼다.

"그래, 사랑. 대박 멋있다."

잠시 후 고바야시가 고개를 끄덕였다.

좋겠다, 고바야시는. 나도 아빠의 사랑을 받고 싶었어.

근데 이젠 됐어. 다른 사람한테 받을 거니까. 난 앞으로 사랑받는 사람이 될 거야. 그리고 다른 사람에게 사랑을 듬뿍 줄 수 있는 사람이 될 거야.

고바야시 엄마가 우리 집에 오는 날이 정해졌다.

여름방학을 시작하고, 첫 번째 월요일부터 사흘간이었다.

엄마는 여름방학이라서 학교에 안 가고, 유사는 어린이집에 간다. 사흘 동안 통째로 정리와 청소를 할 수 있었다.

청소를 시작하는 날짜가 정해졌을 때 고바야시 엄마는 우리 엄마에게 숙제를 냈다.

집 안을 사진 찍을 것, 벽장과 옷장 크기를 잴 것 그리고 모든 물건을 필요한 것과 없는 것으로 나눠 둘 것. 엄마는 그 숙제를 모두 해서 고바야시 엄마에게 메일로 보냈다.

사진을 찍는 이유는 어떤 물건이 있는지 보기 위해서이고, 벽장과 옷장 크기를 재는 건 수납 방법을 생각하기 위해서라고 했다.

필요한 물건과 필요 없는 물건은 시간 여유가 있으면 사용할 물건, 버릴 물건, 다른 사람에게 줄 물건으로 더 구분하면 좋지만, 안 되면 스티커를 붙여 두라고 했다. 쓸 물건은 파란색, 버릴 물건은 빨간색, 다른 사람 줄 물건은 노란색 스티커다. 그러면 엄마한테 하나하나 안 물어봐도 누구나 구분

할 수 있기 때문에.

물건은 줄여야 정리되는 듯했다.

"고바야시 씨가 그러는데, 예를 들면 욕조 용량보다 물을 더 받으면 넘치잖아. 그와 마찬가지로 수납 용량 이상으로 물건이 있으면, 결국에는 어질러진대. 엘리베이터는 중량을 초과하면 경고음이 울려서 알려 주는데, 집에는 용량이 넘어도 알려 주는 벨이 없으니까 물건이 계속 늘어난대. 엄마는 정말 감탄했어."

고바야시 엄마가 숙제를 낸 뒤 엄마는 집 안 물건에 빨간색과 파란색 스티커를 붙였다. 아빠는 아무 소리도 하지 않았다. 아마 아빠도 하우스 클리닝을 받아들이기로 한 모양이었다.

아빠와 엄마 사이에 어떤 얘기가 오갔는지는 모른다. 텔레비전에서는 정서적 학대는 낫지 않는다고 했다. 나는 엄마가 이혼하기를 바랐지만, 일단 이혼은 하지 않을 모양이었다.

하우스 클리닝을 받아들인 일도 놀랍지만, 엄마한테 명령도 하지 않았다. 밥이나 반찬 불평도 하지 않았다.

딱 한 번, 아침에 아빠가 토스트를 먹으려고 했을 때였다. "잼"이라는 아빠의 요구에 엄마가 "지금 바쁘니까 알아서 가져다 먹어"라고 했다. 아빠는 아무것도 안 바른 채 토스트만 먹었다.

나중에 엄마한테 "맨 빵만 먹느니 냉장고에서 잼 가져다가 먹는 게 나을 텐데"라고 했더니, 엄마는 "정서적 학대를 하는 사람은 자존심이 남들보다 더 높대"라고 말했다.

성가신 자존심 따위는 빨간색 스티커를 붙여서 버리면 좋을 텐데. 그러지 못하는 게 바로 우리 아빠라는 사람이다. 사람이 그렇게 쉽게 변하는 건 아니니까.

그렇게 생각했지만, 사실 그 일이 일어난 뒤로 아빠는 나한테 뭔가 강요하지 않았다. 내가 아빠를 피하고 아빠와 얘기하지 않기 때문이었다. 아빠가 자기 생각을 강요할 기회가 없었다는 것이 맞겠다.

나는 자기 의견만 강요하는 아빠는 싫다. 왜 아이라는 이유로 얕잡아 보는 건지 모르겠다. 아빠가 서로의 의견을 존중하거나 다름을 인정하지 않는 한, 내가 아빠를 좋아하게 되는 일은 없을 것이다.

"아빠 말을 거스르면 또 나가라고 하겠지."

내가 설거지하면서 말했다.

"여긴 네 집이니까 얼마든지 있어도 돼."

엄마가 내 편을 들어 줬다.

근데 솔직히 아빠와 살기 싫어.

내 마음의 목소리가 들렸나 보다. 엄마는 나를 위해 저금을 하고 있다면서 집에서 나가고 싶으면 기숙사가 있는 고등학교에 가도 되고, 고등학교 졸업 후 취직해서 혼자 살아도 되고, 다른 지역에 있는 대학에 가도 된다고 했다.

"네 인생이니까 네가 하고 싶은 대로 하면 돼. 실패도 할 거고, 거기서 배우는 것도 있을 거고, 해 봐야 아는 것도 있을 테니까. 소프트볼 동아리가 싫으면 다른 걸로 옮겨. 엄마가 보호자 칸에 서명하고 도장 찍을 테니."

엄마가 그렇게 말했지만 나는 지금 꽤 소프트볼 동아리가 재미있다. 유리하고 메이와는 여전히 잘 안 맞지만 어차피 그건 서로 마찬가지고, 어디든 그런 사람은 있기 마련이니까.

아빠 말도 전부 틀린 건 아닌가 보다.

고바야시 하우스 클리닝

여름방학 첫날부터 내린 비가 이제야 그쳤다. 연기됐던 소프트볼 동아리 지역 예선대회가 오늘부터 시작이다.

오늘이 3학년 선배들의 마지막 시합일 수도 있다. 선배들이 강해서 오늘로 끝나지는 않겠지만 꽤 긴장됐다.

"왜 네가 긴장하니?"

엄마가 도시락을 싸면서 물었다.

그러는 엄마도 오늘은 고바야시 엄마가 정리하러 오는 날이라서 조금 긴장돼 보였다.

오늘 집에 돌아오면 아냐 집처럼 되어 있을까. 첫날이라서 완전히 깨끗해지기는 무리일까.

두근거리면서 자전거를 타고 학교로 갔다.

1학년은 7시, 선배들은 7시 반 집합이었다. 하지만 7시 20

분에는 모두 도착해 있었다. 선배가 이동할 때 주의 사항을 전달한 뒤 모두 자전거를 타고 이웃 동네에 있는 다목적 운동장으로 갔다.

첫 번째 시합, 두 번째 시합은 순조롭게 이겼다. 세 번째 시합은 접전 끝에 아깝게 패했다. 하지만 내일 3위 결정전에서 이기면 대회에 진출할 기회가 남아 있었다.

흥분한 상태로 집으로 갔다. 집 앞에 '고바야시 하우스 클리닝'이라고 쓰여 있는 왜건 차가 서 있었다. 그제야 집 정리를 한다는 게 생각났다.

집은 어떻게 돼 있을까.

설레는 마음으로 현관문을 열었다. 낯선 오렌지색 메시 신발만 있을 뿐 아침과 별로 달라진 게 없었다.

"다녀왔습니다."

"이제 오니?"

조금 실망하면서 거실로 갔다.

"어서 와."

고바야시 엄마가 해처럼 밝은 얼굴로 맞았다. 고바야시와 마찬가지로 몸집은 작아도 기운이 넘치는 느낌이었다.

"안녕하세요."

"지사구나. 얘기 많이 들었어."

"아, 네."

인사를 하는 둥 마는 둥 하고 거실을 둘러보았다. 역시 별로 달라진 게 없었다.

"정리가 하나도 안 된 거 같지? 아니야. 엄마가 얼마나 열심히 하셨는데. 이리 와 봐."

고바야시 엄마 뒤를 따라서 다다미방으로 들어갔다.

"어때?"

고바야시 엄마가 물었지만, 눈앞의 광경에 압도되어 아무 말도 안 나왔다. 다다미 위에는 벽장에 있던 물건들이 전부 쌓여 있었다.

이불, 방석, 여행 가방, 장식품, 선풍기, 재봉틀, 아이스크림 기계 상자, 팝콘 기계 상자, 조립 가구, 상자 여러 개, 종이봉투가 가득 든 종이봉투, 쓰레기봉투 더미.

"대박."

겨우 목소리를 쥐어짰다.

"놀랬지? 이건 내일모레, 아줌마 오빠가 가지러 올 거야. 이만큼 물건을 줄이면 거실과 부엌 물건을 정리할 수 있겠지?"

"이 아이스크림 기계 상자랑 팝콘 기계 상자는 안이 비었어요?"

나는 엄마에게 물었다.

"들었어."

"왜 이런 게 있어요?"

"샀으니까."

"한 번도 안 썼죠?"

"팝콘 기계는 한 번도 안 썼는데, 아이스크림 기계는 한 번 썼어."

"아아, 기억난다. 사촌 히카리가 왔을 때죠? 근데 왜 그 뒤로 안 썼어요?"

"이거 쓰려면 미리 냉동실에 넣어서 차게 해 놔야 하는데, 냉동실이 꽉 차서 넣을 곳이 없잖아."

"팝콘 기계는? 왜 샀어요?"

"네 친구들이 놀러 왔을 때 이런 게 있으면 재미있을 거 같아서."

"아무리 그래도 그렇지. 이런 것 때문에 집이 온통 어질러져서 친구를 못 불렀잖아요. 아이스크림, 팝콘이야 굳이 안 만들고 사 오면 됐는데. 아니지, 안 만들어도 되는 정도가 아니라, 안 먹어도 된다고요."

말하다 보니, 속상해서 눈물이 나왔다.

"맞아. 이런 거, 필요 없었는데. 엄마가, 어리석었어."

"어머, 고토 씨. 자신을 탓하지 마세요. 괜찮아요. 이번 기회에 집을 깨끗이 정리해서 앞으로 즐거운 추억을 만들면 되니까요."

그래. 지난 일은 어쩌겠어. 앞으로가 중요해. 이제부터 집을 깨끗이 해서 친구를 부르면 되지.

나는 눈물을 닦았다.

"내일은 부엌을 정리할게요. 혹시 오늘 밤에 기운이 남았으면 부엌에서 안 쓰는 물건도 여기로 가져다 놔두세요. 오늘은 이만 갈게요. 그럼 내일 뵙죠. 안녕히 계세요."

고바야시 엄마가 명랑하게 말하고 돌아갔다.

"어머, 유사 데리러 가야 하는데. 지사, 쌀 세 컵만 씻어 줘."

그러더니 엄마도 허둥지둥 나갔다.

다음 날 3위 결정전은 시합 중반까지만 해도 이길 줄 알았다. 그런데 마지막에 상대 팀 4번이 홈런을 쳐서 역전패당했다.

맥이 빠진 채 결승전 시합을 보면서 도시락을 먹고 자전거를 타고 학교로 돌아왔다.

운동장에서 3학년 선배들이 한마디씩 지난 3년간의 추억을 얘기했다. 그리고 차기 부장이 되는 2학년 선배가 3학년들이 얼마나 열심히 애썼는지 위로하고, 우리가 선배들 몫까지 열심히 해서 더 큰 대회까지 올라가겠다는 말을 했다.

지금 나한테는 2학년 선배들이 더 큰 대회에 나가냐, 못나가느냐는 관심 밖이었다. 그보다 집 정리가 더 궁금했다.

장비를 동아리방에 정리하고 해산했다. 자전거를 타고 10분도 채 안 돼 집에 도착했다.

집 앞에는 어제처럼 고바야시 하우스 클리닝 왜건 차가서 있었다.

"다녀왔습니다."

현관문을 열었다. 고바야시 엄마의 오렌지색 신발 이외에
검은색 스니커즈와 하늘빛 뮬이 있었다.

이 뮬, 낯이 익었다.

"이제 와?"

머리 위에서 목소리가 들렸다. 고개를 들자 아냐였다.

"에―, 네가 왜 여기 있어?"

"고바야시한테 얘기 듣고 나도 거들까 싶어서."

"고바야시도 왔어?"

"응."

안쪽에서 고바야시가 고개를 쑥 내밀었다.

"안녕."

"야! 아냐한테 말하면 어떡해!"

"너희 친한 거 같아서 다 아는 줄 알았지."

"지사짱이 말해 주었으면 좋았을 텐데."

"이렇게 어질러져 있는데 창피하잖아."

"지금 창피하다고 할 때냐? 정리는 힘쓰는 일이야. 당연히
일손이 많을수록 좋지."

"그건 그런데…. 고마워."

"이 정도로, 뭘."

"자, 가자."

두 사람 뒤를 따라 거실로 갔다.

거실과 식당 광경을 보고 할 말을 잃었다.

거실과 식당에는 냉장고와 식기장을 제외한 부엌 물건이 모두 나와 있었다.

부엌에서 쓰는 카트, 휴지통 세 개, 쌀통, 쌀겨 절임, 매실 장아찌 항아리, 엄청 큰 냄비와 도마, 핫플레이트, 타코야키 기계, 평소 쓰는 그릇 말고도 처음 보는 그릇들, 뭐가 들어 있는지도 모르는 나무 상자, 게다가 초밥 통도 있었다. 그리고 레토르트 카레와 건면, 간장과 맛간장, 젓가락, 칼, 깡통 따개. 이쑤시개 통도 세 개나 있었고, 고무줄 상자도 두 개, 랩도 다섯 개 정도 있었다. 세제나 스펀지도 편의점보다 많을 듯했다.

아무튼 거실과 식당에 부엌 물건들이 넘쳐서 굉장했다. 그 광경도 놀랍지만, 이렇게 많은 물건이 우리 집 좁은 부엌에 있었다는 게 믿기지 않을 정도라 놀라웠다.

"안녕."

고바야시 엄마의 인사에 간신히 정신이 들었다.

"안녕하세요."

"놀랐니? 걱정 마. 다 정리될 테니까."

"네."

"지사야, 도울 거지?"

고바야시와 아냐도 돕는데 내가 안 도울 수 없었다. 물론 두 사람이 안 왔어도 도울 참이었지만.

"그럼요."

"그러면 우리 젊은 친구들은 빨간 스티커가 붙은 물건을 여기에 넣어 줘. 식품은 유통기간을 확인해서 지난 건 망설이지 말고 넣고. 생각할 필요 없으니까 쉽지? 생각하는 건 지사 엄마가 하실 거니까."

그리고 고바야시 엄마는 우리 세 사람에게 쓰레기봉투를 주었다.

"네—."

나와 아냐는 유통기한이 지난 녹차와 오차즈케처럼 불에 타는 쓰레기를 봉투에 넣기로 했다. 고바야시는 코팅이 벗겨진 프라이팬과 녹슨 캔 따개 같은 불연소 쓰레기를 봉투에 넣었다.

커다란 쓰레기봉투가 금방 꽉 찼다.

"엄마, 쓰레기봉투가 다 찼는데 어떻게 해요?"

"뒷마당 처마 밑으로 갖다 둬."

"네."

마당으로 나가는 거실 유리문을 열었다. 이미 쓰레기봉투가 산더미처럼 쌓여 있었다. 어제 건가. 아무튼 엄청난 양이었다.

다시 거실을 돌아봤다.

이쪽도 역시 엄청났다.

분명히 쓰레기를 한 봉지 내놓았는데, 달라진 것은 없어 보였다.

"지사야, 천 리 길도 한 걸음부터랬어. 한 걸음씩 가다 보면 분명히 목표 지점에 도착할 거야. 자, 아무 생각하지 말고 부지런히 손을 움직이자."

고바야시 엄마는 내 생각을 다 꿰뚫는 모양이었다.

"네."

나는 묵묵히 빨간색 스티커가 붙은 물건을 쓰레기봉투에 넣었다.

"지사짱, 그쪽에 빨간색 스티커 붙은 물건 있어?"

"음―, 하나 있는데 이 빠진 도자기 주전자는 불연소 쓰레기지? 자, 고바야시, 이거 그쪽에 넣어."

빨간색 스티커가 더 있는지 이리저리 둘러보았다.

"자, 우리 젊은 친구들. 빨간색 스티커가 끝났으면 노란색 스티커도 부탁할게. 노란색 스티커는 다다미방에 가져다 놔."

고바야시 엄마가 말했다.

"역시 셋이 하니까 빠르지?"

"응. 인정하고 싶진 않지만, 네가 옳았어."

"빠르기도 하지만 즐겁잖아."

"좋았어. 이번에는 노란색 스티커다!"

우리는 재활용 가게에 가지고 갈 노란색 스티커가 붙은 물건들을 치우기 시작했다.

백엔 숍에서 산 수납함이 산더미처럼 쌓여 있고, 거기에 노란색 스티커가 붙어 있었다.

"이거 이제 안 써요?"

엄마한테 물었는데 고바야시 엄마가 대답했다.

"모양과 크기가 다르면 수납하기 어려워. 내일 아줌마 오빠가 가게에서 종류가 같은 걸로 가지고 올 테니까 우선 거기에 담아 두려고. 만약 마음에 안 들면 나중에 마음에 드는 걸 직접 사면 되고. 그때는 제대로 크기를 재서 종류가 같은 걸로 사시면 돼요."

고바야시 엄마는 처음에는 나를 보며 얘기하더니 나중엔 엄마를 보며 말씀하셨다.

노란색 스티커 물건은 아직 쓸 수 있는 것들이었다. 그래서 빨간색 스티커 물건보다 봉투에 넣는 게 망설여졌다.

케이크와 쿠키 만드는 틀에도 노란색 스티커가 붙어 있었다. 이것을 버리면 아냐 집처럼 집에서 케이크 만들 일은 없겠지. 그런 생각이 들어서 케이크 틀을 선뜻 버리지 못하고 있었다.

"저기, 아줌마. 케이크 틀, 놔두면 안 돼요? 거의 새것 같은데."

아냐가 엄마한테 물었다. 내 마음을 헤아려 준 것이었다.

"그런데 물건을 줄여야 하잖아. 갖고 싶으면 가져가."

엄마 대답에 고바야시 엄마가 그 말을 받았다.

"쓰는 물건까지 버릴 필요는 없어요. 물건을 극단적으로 줄여도 집이 정리가 안 되는 사람도 있고, 정신적으로 만족

하지 못하는 사람도 있거든요."

"그래요?"

"반대로 물건이 많아서 어수선한 집이라도 행복한 사람이 있어요. 그런 사람은 정리하지 않아도 괜찮아요. 행복하니까요. 물건을 버려도 행복하지 못하면 의미가 없어요."

그렇구나. 정리는 정리 자체가 목적이 아니라, 행복해지는 게 목적이었어.

"엄마, 나 깨끗한 부엌에서 케이크 구워 보고 싶어요."

"그러면 베이킹 도구를 어디에 정리할지 생각해 볼게."

고바야시 엄마는 우리 엄마 대답을 기다리지 않고 나한테 말했다.

"네, 그럼 나중에 부탁해요."

엄마가 고바야시 엄마한테 인사를 했다.

아냐가 웃는 얼굴로 엄지손가락을 치켜세웠다. 나도 아냐에게 똑같이 엄지손가락을 치켜세운 뒤, 다시 노란색 스티커가 붙은 물건을 봉투에 넣기 시작했다.

머릿속을 비우고 무조건 봉투에 넣었다.

추억이 담긴 물건도 많이 나왔다. 하지만 쓰지 않으니까 전부 재활용품으로 분류했다.

오동나무 상자가 많이 있었다. 고급스러운 느낌이었다.

"엄마, 여기 뭐 들었어요?"

"아마… 그릇."

"헐, '아마'가 뭐에요, '아마'가."

"쓰지도 않으면서 열어 보면 버리기 싫어질 테니까 안 열어 보고 있어. 그래서 '아마'야. 전부 재활용품으로 가져가."

"네."

아까운 생각도 들었지만 하는 수 없었다. 물건보다는 깔끔한 공간을 원하니까.

꽤 많은 물건이 거실과 식당에서 빠져나갔다. 대신 다다미 방에는 물건이 넘쳐났다.

"부엌 물건들은 정리가 됐네요. 그러면 오늘은 여기까지 할까요? 내일은 오빠가 오후 2시쯤 쓰레기와 재활용품을 거두러 올 거예요. 그때까지 다른 방도 필요한 물건과 아닌 물건들을 잘 선별해 놓도록 하죠."

"네, 잘 부탁드립니다."

"아냐와 고바야시도 도와줘서 고마워."

"아니, 괜찮아."

"나, 내일도 올게."

"난 내일 오후에 동아리 가야 해. 그래서 못 와. 미안해."

"괜찮아. 오늘 도와준 것만 해도 정말 큰 도움이 됐어. 진짜 고마워. 다음에 갚을게."

"갚긴 뭘 갚아. 갖고 싶은 건 가져가도 된다고 하셔서 귀여운 머그잔 얻었어."

그렇다고 가만히 있을 수는 없었다.

"그러면 다음에 우리 집에서 같이 케이크 만들자."

그 말에 아냐 눈이 반짝였다.

"와, 좋아!"

우리는 서로 끌어안고 폴짝폴짝 뛰었다.

"야, 나는?"

"너도 케이크 만들래?"

"난 먹기만 하면 되는데."

"흐음, 생각해 볼게."

"무슨 대답이 그러냐."

"아무튼 둘 다 오늘 정말 고마워."

"그래."

"또 봐."

두 사람은 고바야시 엄마가 운전하는 왜건 차를 타고 돌아갔다.

이제 좀 쉴 수 있다는 생각에 마음이 조금 가벼워졌다.

하지만 엄마는 쉬기는커녕 의욕의 불길이 활활 타오르고 있었다.

"텅 빈 부엌을 보니까 지금이 대청소할 때 같아. 부엌 청소 해야겠어. 어차피 아빠한테 저녁은 먹고 오라고 했으니까."

"헐, 정말요?"

말한 뒤 아차 했다. 엄마가 "모처럼 의욕이 나는데 왜 그래!" 하고 신경질적으로 소리 지를 줄 알았다.

그런데 오늘은 아니었다.

"뭐, 어때. 지금 기분도 좋고. 기분 날 때 하고 싶어서 그래."

왠지 엄마가 들떠 있었다.

엄마가 행주에 에탄올을 묻혔을 때 엄마 스마트폰이 울렸다.

"어머, 어떡해. 어린이집이야. 여보세요, 네. 죄송해요. 네, 지금 바로 갈게요."

엄마가 전화를 끊었다.

"유사를 완전히 잊고 있었어. 가서 데리고 올게. 그리고 먹을 것도 사 오고. 뭐 사 올까?"

"다 좋은데, 많이 움직여서 엄청 배고파요. 많이 먹을 수 있는 거요."

"알았어. 갔다 올게."

"다녀오세요."

엄마가 허둥지둥 나갔다.

나는 주변을 둘러보았다. 아까 집에 왔을 때보다 한결 나아졌다. 하지만 아빠가 오시면 별로 좋아하지 않을 듯했다. 우선 냄비와 그릇 같은 치울 수 있는 물건들은 치우는 편이 좋을 것이다. 그렇다면 역시 찬장 안부터 닦은 뒤 치워야 한다.

아까 엄마가 에탄올을 묻힌 행주로 찬장 안을 전부 닦았다. 행주가 갈색이 됐다. 깨끗해 보였던 찬장도 이렇게 더러웠구나.

찬장 바깥은 기름과 먼지로 끈적였다. 에탄올만으로는 역부족이었다. 우선 찬장 안은 닦았으니까 엄마가 돌아오면 바로 정리할 수 있을 것이다.

또 어딜 닦을까. 부엌?

가스레인지나 생선구이 그릴은 좀 요령이 필요하니까 개수대와 그 주변을 청소하기로 했다.

스펀지에 세제를 묻혀서 수도꼭지도 꼼꼼하게 닦았다. 그리고 물로 헹군 다음 마른 천으로 물기를 닦았다. 누렇게 얼룩졌던 개수대가 반짝였다. 기분이 아주 산뜻해졌다.

다음은 빗자루로 바닥을 쓸었다. 바닥에 아무것도 없어서 빗자루질도 힘들지 않았다. 어질러진 물건 속에서 다 떨어진 수건을 발견했다. 걸레 대신 그 수건으로 에탄올을 묻혀 바닥을 닦았다.

"나, 왔어—."

"어서 와—."

유사가 거실로 들어왔다.

"와아—."

"유사, 이리 와 봐."

나는 놀라는 유사를 부엌으로 불렀다.

"와, 깨끗해—."

"그치?"

엄마가 슈퍼 봉투를 들고 부엌으로 왔다.

"어머나, 개수대가 반짝이네."

"네, 찬장 안쪽도 닦았으니까 밥 먹고 바로 그릇 정리할 수 있어요."

"고마워, 지사."

"근데 가스레인지와 그 주변은 못 했어요."

"괜찮아. 그런 걸 청소해 달라고 고바야시 씨한테 부탁한 거니까."

그 말을 들으니 마음이 놓였다.

식탁을 치우고 엄마가 사 온 다진 고기 커틀릿과 샐러드, 냉동 밥과 즉석 된장국을 먹었다.

저녁을 먹고 깨끗해진 부엌에서 엄마와 같이 설거지했다. 설거지한 그릇은 바로 닦아서 찬장에 넣었다.

"여긴 유리. 여긴 평소 쓰는 그릇. 이쪽 높은 데는 잘 안 쓰는 그릇을 놓을까."

그렇게 유리그릇과 접시, 냄비 같은 걸 차례로 찬장 안에 정리했다. 거실과 식당 모두 제법 깔끔해졌다.

8시가 되기 전에 아빠가 돌아왔다.

"오, 좀 깨끗해졌어."

아빠는 방을 둘러보며 웬일로 칭찬 섞인 소리를 했다. 엄마와 나는 놀라서 서로 쳐다봤다.

"에잇, 저쪽 방에 있던 걸 다 이쪽으로 옮긴 거잖아."

하지만 다다미방을 보고는 못마땅한 듯 말했다.

조금 전만 해도 훨씬 심각했어요, 라고 말하려다가 관뒀다.

정리가 전부 끝나면 아빠도 인정할 정도로 깨끗해지겠지.

내일도 청소 파이팅!

다음 날, 동아리에 갔다가 집에 왔더니 현관이 밝았다.

신발장은 여전히 낡고 촌스러웠지만, 그 위에는 아무것도 없었다. 아빠가 선물이라며 사 왔던 이상한 목각 인형도 없어져서 깨끗했다. 항아리와 골프용품도 없었다.

"다녀왔습니다. 엄마, 혼자 있어요?"

"응, 고바야시 씨는 아들과 점심 먹으러 갔어. 슬슬 돌아오실 때가 된 거 같은데. 아들은 2시에 삼촌하고 온다고 했고."

"네. 근데 골프용품은 어디 됐어요?"

"아빠 방. 자기 물건은 자기 방에 두기로 하려고. 너도 네 물건은 네 방에 가져가."

"그 목각 인형도 아빠 방에 뒀어요?"

"아니, 그건 아빠한테 물었더니 버려도 된다고 해서 버렸어. 재활용품으로 보내도 되지만, 누가 그런 걸 갖고 싶어 할까 싶어서."

우리 집은 쓰레기로 현관을 장식하고 있었다고 생각하니 웃음이 나왔다.

복도도 깔끔했다.

"수납장도 치웠네요."

"응. 여기 있으면 외출하기 전에 손수건을 꺼내기 좋고, 등기우편물이 왔을 때 도장도 바로 꺼낼 수 있어서 편하다고 생각했는데 방해만 됐던 거 같아."

수납장만 치웠는데도 부딪치지 않고 걸을 수 있고, 바닥에 아무것도 없어서 청소도 훨씬 편해졌다.

"이쪽도 와 봐."

엄마는 아이처럼 뛰면서 거실과 식당으로 갔다.

"대—박—."

바닥에 아무것도 없었다. 바닥뿐 아니라 테이블 위에도 리모컨과 휴지 말고는 아무것도 없었다. 식당과 부엌 공간을 나누려고 놓은 조리대 위에도 전화기와 커피메이커만 덩그러니 있었다. 조리대 밑에 있던 엄마의 수제 선반과 그것을 가리기 위한 커튼도 없었다.

"여기 조리대 밑에 있던 건 어디 있어요?"

"복도 장 속에 치웠어."

"그러면 거기 있던 건요?"

"벽장."

"그러면 벽장에 있던 건?"

"쓰레기였어."

"옛, 그게 뭐야."

엄마와 나는 같이 웃었다. 이렇게 엄마와 같이 웃는 것은 오랜만이었다.

"사실 전부 쓰레기는 아니었지만."

엄마는 내가 어릴 때 그렸던 엄마 그림, 미술 시간에 만든 것, 상장, 메달 따위 이것저것 보여 줬다.

이건 쓰레기가 아니구나. 하지만 굳이 필요 없는데.

"이거 잘 그렸는데, 액자에 넣어서 걸어 둘까?"

엄마가 보여 준 그림은 도서관 그리기 대회에서 그린 벚나무였다.

하지만 역시 액자에 넣을 정도는 아닌 거 같은데.

"걸 데가 있으면요. 그보다 진짜 벚나무 갖고 싶어요."

"그건 안 돼. 송충이가 있어서 키우기 힘들어. 그리고 벚나무를 심을 곳도 없고."

역시 그럴 줄 알았다.

"그러면 고양이 키우고 싶어요."

"고양이도 보살피기 쉽지 않을 텐데?"

"저, 그동안 어질러진 집에서 얼마나 불편했는데요. 물 한 번 마시기도 힘들고. 걸어가는 것도 장난 아니고. 텔레비전 켜는 일도 보통이 아니고. 앞으로는 그런 일들이 없어진다고요. 고양이 돌보는 정도는 할 수 있어요. 고양이랑 같이 있으면 마음이 부드러워져요. 고양이가 얼마나 따뜻하고 귀여운데요."

제발요, 네? 제발, 하고 덩치와 어울리지 않게 귀엽게 부탁했다.

"아빠한테 물어보고 허락하면."

아빠라. 아빠는 언제나 내 앞을 가로막고 서 있다.

"왜 아빠 허락이 필요한데요?"

"그야 아빠도 이 집에 사니까, 아빠 의견도 들어야지."

"맞는 말이긴 한데. 아빠가 안 된다고 하면 못 키워요?"

"그건 아닌데. 솔직히 엄마, 이 깨끗한 상태를 유지할 수 있을지 불안해. 그래서 여름방학이 끝날 때도 여전히 깨끗하면 그때 다시 얘기해 보자."

"저, 꼭 깨끗하게 유지할게요. 정말 고양이 키우고 싶단 말이야."

"응. 엄마도 노력할게."

나는 엄마와 손가락을 걸고 약속했다.

고바야시 엄마가 1시에 돌아와서 물건이 줄어든 집 안을 구석구석 청소했다. 가스레인지와 생선구이 그릴도 전부.

2시에는 고바야시와 외삼촌이 중형 트럭을 타고 왔다.

고바야시와 외삼촌은 다다미방에서 재활용품을 들고나와 트럭 짐칸에 차곡차곡 실었다. 나는 뒷마당에 있는 쓰레기봉투를 바깥으로 가지고 나갔다.

물건에 묻혀 있던 다다미방과 처마 밑이 텅 비었다.

"와, 대박, 완전 대박!"

나는 손뼉을 치며 기뻐했다.

"잘했다, 잘했어."

고바야시도 같이 손뼉을 쳤다. 하지만 내가 얼마나 감격하는지 고바야시는 몰랐을 것이다.

그다음 고바야시 외삼촌이 들고 온 수납함을 놓고 어른들이 무슨 얘기를 시작했다. 나와 고바야시는 처마 밑에서 모기에 물려 가며 아이스크림을 먹었다.

"근데 네 엄마, 늘 웃고 계셔서 좋아."

"영업용이야."

"에이, 무슨…. 아주 긍정적이라 멋지셔."

"그래?"

"응. 우주가 뒤집히는 마당에 학교 가서 뭐 하냐고 네가 말해도 다 받아들이셨잖아. 그리고 스마트폰도 사 주시고. 그거, 정말 엄청난 일이야. 부러워. 이해해 주시는 엄마라서. 우리 아빠 같으면, 왜 등교 거부를 하게 됐는지 이유가 뭐든 두들겨 패서라도 학교에 보내실걸. 아빠 입장이 곤란해진다면서."

"아니야. 나, 엄마한테 우주 뒤집히는 얘기 안 했어."

"에―, 얘기 안 했구나. 네 엄마, 네 얘기 전부 듣고, 학교 쉬는 것도 인정해 주셨다고 생각했어."

"아니야, 전혀. 그런 얘기, 믿어 줄 어른이 어딨겠냐. 우리 엄마도 왜 학교에 안 가냐고, 꼬치꼬치 물으셨어. 학교에 가는 의미가 없어서 그런다고 했더니, 아니라고, 학교에 가는 건 의미가 있다면서 어떡하든 학교에 가게 하려고 하셨고."

"그랬구나."

"응. 그래서 나, 엄마와 얘기 잘 안 하게 됐어. 그랬더니, 스마트폰으로 라인에서 얘기하자고 했고. 그래서 스마트폰 사 준 거야."

"흐음."

고바야시 엄마는 달관했다고 할까, 사소한 일에 연연하지 않는 느낌이었다. 그래서 고바야시가 등교 거부를 해도 받아들인다고 생각했다. 자식 등교 거부는 사소한 일이 아니니까, 엄마니까, 당연하다면 당연한 반응이었을 테다.

"근데 미래의 너는 이제 안 나타나?"

"응, 그때 딱 한 번. 요즘은 꿈이었나 싶어."

"에ー, 꿈이라고?"

"잘 모르겠어. 미래의 내가 나타난 게 일요일 오후 엄청 포근할 때였거든. 소파에서 졸고 있을 때라서 꿈이었나 싶기도 해."

"보통은 그렇게 생각하겠지. 근데 실망이야. 어쩌면 정말 미래에서 왔을지도 모른다고 믿었으니까."

"나, 우주가 뒤집히는 것과는 별개로 왜 학교에 가는지 생각했어. 날마다 정해진 시간에 일어나서 교복 입고 학교 가는 의미를 모르겠더라고. 공부야 집에서도 인터넷으로 할 수 있고, 나중에 엄마처럼 청소 회사를 하거나 외삼촌처럼 재활

166

용품 회사를 한다면 학교 공부가 무슨 소용 있나, 그런 생각
이 들더라고."

"나도 그런 생각 한 적 있어."

"그래, 학교 가는 게 무슨 의미가 있나, 하는 의문 들지 않
냐? 그뿐 아니라, 왜 사나, 싶을 때도 있고. 기껏 열심히 집을
지어도 아빠처럼 금방 죽을지도 모르고. 하지만 학교 갔더니
너처럼 별난 녀석도 만나고, 야마다 선생님처럼 엄청 마음
써 주시는 분도 있고. 공부, 규칙, 그런 건 귀찮지만 학교는
나름 필요한 건가 싶기도 해."

"그렇구나."

학교 가는 의미, 사는 의미 같은 것들은 시간이 많이 흘러
야 알게 되지 않을까. 지금은 의미 같은 건 생각 안 하고 그
냥 하루하루 지내면 되지 않을까.

아이스크림을 다 먹고, 고바야시는 외삼촌과 같이 초밥 통
과 장식품이 실린 트럭을 타고 돌아갔다.

"사흘 내내 늦게 데리러 가면 유사가 가엾잖아요. 오늘은
제가 데리고 올게요."

고바야시 엄마한테 물건 정리하는 방법을 배우고 있는 엄
마한테 말하고 집에서 나왔다.

하지만 유사와 같이 걸어오면서 데리고 오겠다고 한 걸
후회했다. 자동차로는 5분이면 되는데 유사와 걸으려니 40
분이 걸려도 집에 도착하지 못했다. 유사는 논 옆 배수로에

서 발견한 작은 개구리를 뒤쫓기도 하고, 강아지풀과 뱀딸기를 따느라 자꾸만 옆길로 샜다.

"자, 가자. 깨끗한 집, 안 보고 싶어?"

"집, 깨끗해졌어?"

"응. 엄마가 정말 열심히 하셨어. 언니도 도왔어."

"와."

"그래서 말인데, 집이 이대로 계속 깨끗하면 고양이를 키울 수 있을지도 몰라."

"정말?"

"응."

"그러니까, 너도 장난감이랑 모자 같은 거 잘 치워야 해."

"응, 알았어."

어라? 알았다고? 유사가 내 말을 듣다니 웬일일까. 고양이 효과일까.

"자, 가자."

"응, 경주."

유사가 갑자기 뛰기 시작했다. 나도 뛰어서 바로 유사를 앞질렀다.

절대 안 봐줘. 만만하게 보이는 건 사양이니까.

다른 경치

저녁은 엄마와 같이 카레를 만들었다.

깨끗한 부엌을 보니 저녁을 준비하고 싶어졌다. 그런데 내가 할 줄 아는 것은 카레밖에 없었다.

"앞으로 음식 하는 거 도와줘. 그러면 만들면서 가르쳐 줄 수 있으니까."

"네, 그럴게요. 예전에 먹은 마파 가지 기억나요? 그거 맛있었는데. 어떻게 만드는지 가르쳐 줘요. 아, 근데 달아서 아빠는 안 먹었지."

"괜찮아. 아빠 것만 조금 덜어서 맵게 하면 돼."

오늘 만든 카레도 아빠 것만 냄비에 덜어서 매운맛 카레를 더 넣었다. 엄마는 이러쿵저러쿵해도 좋은 사람이야. 아빠가 엄마가 얼마나 좋은 사람인지 깨닫고 고마워하면 좋을 텐데.

앗, 카레가 튀었다. 하지만 조리대 위에 아무것도 없어서 음식 하다가 더러워져도 얼른 닦을 수 있다.

아무것도 없는 마루.

아무것도 없는 식탁.

정말 기분 좋다.

"유사!"

엄마가 웃는 얼굴로 유사를 불렀다.

"식탁 좀 닦아 줄래?"

물건을 치우지 않아도 된다. 이제 유사도 얼마든지 식탁을 닦을 수 있다.

아빠가 목욕을 마치고 식탁에 앉았다.

"욕조, 세면대 모두 깨끗하더라."

아빠는 만족스럽게 말했다.

"역시 전문가는 다르긴 달라. 학교 선생님 중에도 청소를 잘 못하겠다는 사람이 있는데, 다음에 추천해 볼까."

언제는 "그깟 청소쯤 직접 해!" 하고 소리 질렀으면서 손바닥 뒤집듯 바뀌는 그 태도는 뭔지. 하우스 클리닝에 맡기길 잘했다고 생각하는 듯했다. 그렇다면 그걸로 만사 오케이지만. 아빠가 하는 말은 일일이 신경에 거슬렸다.

아빠가 응원하는 팀이 지고 있는 탓인지, 텔레비전도 안 켜고 카레를 먹었다. 웬일로 분위기가 편안했다. 아빠는 아무 트집도 잡지 않고 카레를 먹었다. 트집을 잡으면 엄마가 "그럼 먹지 마"라고 할까 봐 참는 게 아니라, 정말 맛있고 기분이 좋아서 가만히 있는 듯했다.

정서적 학대는 낫지 않는다고 했지만, 집이 깨끗하면 그 정도가 줄어들지도 모른다.

아! 분명 그거다! '아름다운 곳에는 아름다운 마음이 깃든다'는 말!

아빠도 마음이 조금은 아름다워졌는지도 모른다. 제발 그랬으면 좋겠다.

저녁을 먹고 엄마와 같이 뒷정리를 했다. 내가 그릇을 씻어서 마른행주 위에 놓으면 엄마가 물기를 닦아서 찬장에 정리했다. 이제 식기 건조대는 없다.

"식기 건조대만 없는데도 부엌이 훨씬 넓어진 거 같아요."

"정말 그러네. 식기 건조대는 꼭 필요하다고 생각했는데. 반드시 이래야 한다는 생각을 버리니까 편해졌어."

엄마 표정이 아주 밝았다. 정리를 마치면서 자신감을 조금 되찾은 모양이었다.

"엄마. 이번 주나 다음 주, 집에서 아냐와 케이크 만들어도 돼요?"

"그럼 되지."

"다행이다. 사실 내 방을 정리했을 때 아냐하고 마오를 부르고 싶었는데, 2층에 가려면 현관과 복도를 지나야 하니까 접었거든요."

그 말에 엄마는 그릇을 닦던 손을 멈추고 말했다.

"지사, 그동안 엄마가 정말 미안해. 좀 거들라고 화내기 전에 하고 싶은 마음이 들게 환경을 만들어야 했는데."

"괜찮아요. 지금 행복하니까."

고바야시 엄마 같은 소리를 해 봤다.

입 밖으로 냈더니 정말 그렇다는 생각이 들었다. 그렇구나, 난 지금 행복하구나.

"그래. 지금 행복하니까 된 건가."

"앞으로는 더 도울게요."

"오오, 아주 믿음직해."

"집이 계속 깨끗해야 고양이 키울 수 있을 테니까요."

"아 참, 그렇지. 엄마는 고양이 키워 본 적이 없어서 미리 공부해야 하나?"

"고양이에 관한 건 아냐한테 물어보면 돼요. 아냐네 고양이, 보호소에서 데리고 왔대요. 우리도 보호소에서 데리고 와요."

"그렇구나. 그러면 보호소에 대해서도 알아볼게."

어쩐지 고양이를 키우는 게 한 발짝 더 현실로 다가온 듯했다.

설거지가 끝나면 바로 아냐한테 전화하자. 고양이를 키울 수 있을 거 같아, 하고. 그리고 언제 케이크를 만들지도 정하자.

마오한테도 얘기해 볼까.

그날 밤, 꿈을 꿨다.

내 방에서 하얀 고양이를 안은 여자가 나를 친근하게 "지사" 하고 불렀다.

모르는 사람인데 왠지 그리운 마음이 들었다.

"누구세요?"

내가 조심스럽게 물었다.

"난 미래의 너야."

그 사람은 대답했다.

"그 고양이, 당신 고양이예요?"

"그래. 내 고양이지, 네 고양이이기도 하고."

"엄마, 아빠가 고양이 키우는 거 허락해 주셨구나."

"그래. 머지않아 이 아이를 만날 거야."

"만져도 돼요?"

"물론."

미래의 나는 침대에 하얀 고양이를 내려놓았다.

고양이는 도망가지도 않고 얌전히 자리에 앉았다.

나는 고양이 머리를 쓰다듬었다. 내가 쓰다듬는 리듬에 맞춰 고양이가 꼬리를 획획 위아래로 움직였다.

"부드러워."

"응."

"고양이 키워서 좋아요?"

"아주 많이."

"그렇구나. 아 참, 근데 우주는 뒤집혔어요?"

"우주는 뒤집히지 않았지만, 세계관이 확 바뀌는 일은 일어났어."

"역시 고바야시는 좀 호들갑스럽다니까."

그 말에 미래의 내가 소리 죽여 웃었다.

"응."

"그래서 괜찮았어요?"

"사랑하는 사람들에게 둘러싸여 있어서 비교적 태연했어."

미래의 나를 만나면 묻고 싶은 것들이 많았는데, 지금은 전혀 생각 안 났다.

잠자코 있었더니, 미래의 내가 말했다.

"살다 보면 큰일도 있겠지만 이 아이가 크게 위로가 될 거야. 또 당장 눈앞에 닥친 일들을 하나씩 해 나가다 보면 어떻게든 될 거고."

"응. 천 리 길도 한 걸음부터니까."

"그래, 맞아. 고바야시 엄마가 말했지? 불평하기 전에 한 걸음 내디뎌 보면 돼. 그러면 경치가 조금 다르게 보일 테니."

"그렇구나."

"그리고 난 인생은 시련이라기보다 누리는 거라고 생각해."

"누리는 거?"

"즐긴다고."

"응, 맞아요."

"냐옹."

하얀 고양이가 미래의 나를 올려다보며 울었다.

"이제 갈게."

"바이 바이."

그러고는 눈을 떴다.

에이, 역시 우주는 뒤집히지 않잖아. 걘 정말 호들갑스럽
다니까. 아, 하지만 꿈이었지.

침대에서 일어나 이불을 정리하는데 뭐가 툭 떨어졌다.

가만히 보니, 고양이 수염이었다.

"엇ㅡ!"

서둘러 고바야시에게 전화를 걸었다.

양철북 청소년문학 12

우리 집을 부탁해

1판 1쇄   2024년 5월 28일

글쓴이   하나자토 마키
옮긴이   김윤수
펴낸이   조재은
편집   이혜숙
디자인   서옥
관리   조미래

펴낸곳   (주)양철북출판사
등록   2001년 11월 21일 제25100-2002-380호
주소   서울시 영등포구 양산로91 리드원센터 1303호
전화   02-335-6407
팩스   0505-335-6408
전자우편   tindrum@tindrum.co.kr
ISBN   978-89-6372-437-9 (03830)
값   14,000원

잘못된 책은 바꾸어 드립니다.